五季随园食单

主编 朱垚 陆明 倪兆利

南京出版传媒集团 南京出版社

图书在版编目（CIP）数据

五季：随园食单 / 朱垚，陆明，倪兆利主编．--
南京：南京出版社，2022.8
ISBN 978-7-5533-3748-7

Ⅰ．①五… Ⅱ．①朱… ②陆… ③倪… Ⅲ．①诗话—中国—清代②古典散文—散文集—中国—清代③食谱—中国—清代 Ⅳ．① I207.227.49 ② I264.9 ③ TS972.117

中国版本图书馆 CIP 数据核字（2022）第 112116 号

书　　名　五季·随园食单
主　　编　朱　垚　陆　明　倪兆利
出版发行　南京出版传媒集团
　　　　　南　京　出　版　社
社址：南京市太平门街53号　　邮编：210016
网址：http://www.njcbs.cn　　电子信箱：njcbs1988@163.com
联系电话：025-83283893、83283864（营销）　025-83112257（编务）

出 版 人　项晓宁
出 品 人　卢海鸣
责任编辑　潘　珂
封面设计　王　俊
版式设计　王　俊　石　慧
责任印制　杨福彬

排　　版　南京新华丰制版有限公司
印　　刷　南京凯德印刷有限公司
开　　本　787毫米×1092毫米　1/16
印　　张　20.5
字　　数　240千
版　　次　2022年11月第1版
印　　次　2024年5月第2次印刷
书　　号　ISBN 978-7-5533-3748-7
定　　价　98.00元

用微信或京东APP扫码购买

用淘宝APP扫码购买

南京中医药大学专项课题

《随园食单药性考据与医养价值研究》

项目编号：NZY2017017

课题研究成果

南京市非物质文化遗产名录

《随园菜制作技艺》

项目编号：NGGIV-4-2

《陈氏瘿科》

项目编号：PKIX-4

非遗文化专著

南京中医药大学专项课题

《亚健康人群数据分析技术与中医药综合干预方案研究》

项目编号：NZY2018045

课题研究成果

主　编　朱　垚　陆　明　倪兆利

副主编　杨　涛　姜荣荣　朱敏为

沈丽璇　范小利　王　鑫

编　委　金　路　李　柳　冯　哲

方　樑　夏　飞　王　庆

李沐涵　邹立思　王繁可

董莹莹　郭　茗　赵延华

苏克雷　宋德胤　厉　励

涂　玥　滕钰昊　倪菲菲

孙　琳　沃冠群　朱　玺

邵　倩　赵海燕　杭永红

毛昕菁　魏小曼　周子译

薛羽白　朱韵博　马金辉

刘思嘉　袁晶晶　徐子缘

刘力嘉　杜梦月　唐心怡

赵一帆　高　原　康睿哲

李美仪　郭爱民　张雁齐

高一然　陈璐瑶　幸享玲

序言

《随园食单》是清代文学家袁枚的饮食文学随录，通过对当时饮食烹饪的记录，体现了中国饮食文化的特色。虽然该书是一本饮食札记，但体现了中医学的“因时、因地、因人”的“三因制宜”的个体化调养特色，也包含中医药学“药食同源”膳食养生理念。我校朱垚教授课题组经过三年的研究整理，将《随园食单》食材的医养价值、中医学的五季养生理念和非遗饮食的文化特色融合推出，既是传统文化与中医文化的传承，也是大众饮食的新视角。特此推荐。

周仲瑛
于琢璞斋

自序一

南京，世界文学之都。作为“文都”，南京有着深厚的历史文化积淀，流传至今的二十四本传世名著便是代表，这其中就有清代才子袁枚所著的《随园食单》。《随园食单》出自文化大家之手，自是不同凡响，一经问世便为大众热捧。时至今日，更是被冠以中国餐饮界的“《论语》”、厨房里的“《本草纲目》”等诸多美誉。

五季随园是非物质文化遗产随园菜技法传承研究的“新随园”，秉承弘扬南京饮食文化的理念，专注于随园非遗菜的系统复刻与研发，因地缘与食养的机缘与南京中医药大学结缘，于2017年在我校设立专项研究课题《随园食单药性考据与医养价值研究》，联合医疗、养生等教授专家团队对《随园食单》文化、医疗、膳食价值进行研究、探讨，以期传承文化，创新康养。

中医药与饮食原本就有着深厚的历史渊源。相传商朝的宰相伊尹擅长厨艺，并会煎制汤药为百姓治病，成为中医汤药剂型的始作俑者。伊尹既是中医药的鼻祖之一，也是厨师的祖师爷，可以算得上药食同源的开端。课题组通过三年时间，对《随园食单》的饮食理念、烹制技法、食材选取、膳食名称、地方特膳等进行了研究，希望将更多的食养知识普及大众，传播饮食里的中医智慧，在品鉴美食与文化的同时获取快乐与健康。

因为一道菜，记住一座城。香气飘逸中，文化自传承。

朱垚
2022 年 8 月于尚古书房

自序二

2016年3月25日，袁枚诞辰三百周年之际，我在南京创办了五季随园品牌，从此踏上了饮食文化的探索之旅。

2019年10月31日，南京被联合国教科文组织授予“世界文学之都”称号，成为中国唯一获此殊荣的城市。被誉为中国第一部饮食文化百科全书的《随园食单》，正是这文化百花园中的一颗璀璨明珠，这对于我和我的团队，无疑是更大的鼓舞。

立项伊始，我们与南京中医药大学周仲瑛大师工作室朱垚教授团队联合成立课题组，潜心研究《随园食单》中的饮食养生，以《黄帝内经》五季养生理论为主线，将《随园食单》中的原材料、烹饪方法、管理原则、民俗典故等守正创新，将健康、文化、美味于一体呈现于餐桌，并开发了各种饮食文化产品。同时，我们将随园做成了文化空间，在这里，定期举办各种读书会、雅集、展览等文化活动。我们还将《随园食单》复刻的模式开进南京博物院，得到大众高度认可，也通过了“非遗”评定，繁荣了一方的文化大观园。

所有这一切，都要追溯到大学时期。我曾经以八毛钱购买过一本很薄的小书，1984年中国商业出版社的《随园食单》。2013年的一个偶然机会，我成为饮食大健康的产业顾问。在南京博物院探寻历史足迹的时候，再次想到这部著作，于是遍访行业专家和带有“随园”字样的饮食门店，对于复刻《随园食单》产生了强烈的兴趣。有一次，到文津街的国家图书馆古籍馆查阅资料，有幸看到自清乾隆年间至民国时代的各种《随园食单》版本，将其拿在手上阅读的那一刻，深深感受到古籍名著中摄入灵魂的魅力，那种喜悦的心情无以言表，有一种直觉告诉我，我可以将其再现！

六个寒来暑往和孜孜以求，太多意想不到的困难挫折，我们初心不改矢志不渝，活态传承“非遗”经典，逐步形成了原创的《五季·随园食单》。如今这本酝酿已久的书要出版了，我的心情难以平静。

此刻，唯有感恩。感谢我的家人，对我远在异乡努力工作的全力支持；感谢投资人季昌群先生的信任和支持；感谢一路走来给予我们专业指导的各级领导和专家教授；感谢跟随我一起努力打拼的工作团队；还要特别感谢每一位支持和鼓励我们的顾客，尤其是那些给予差评的顾客，每一个差评，我都会认真回复，因为，每一个人都在以不同形式鞭策或考验我们做文化饮食的坚定性。做事先做人，更何况要做个文化人呢。随着岁月的沉淀，我们懂得了什么是文化自信，并深深地感受到文化的力量。

作为一名饮食文化的从业者，能够遇见《随园食单》，并在成书所在地，六朝古都的南京实践之，三生有幸！

倪兆利

2022年9月10日中秋月圆之夜

于南京五季随园

目录

第三章 随园菜的传承与创新

第一章

袁枚的诗话与文章

第一节 袁枚生平

袁枚（1716—1798），字子才，号简斋，晚年自号仓山居士、随园主人、随园老人。钱塘（今浙江杭州）人，祖籍浙江慈溪。他是清朝乾嘉时期代表诗人、散文家、文学批评家和美食家，著有《小仓山房集》《随园诗话》《补遗》及各类散文、尺牍等作品。袁枚一生虽诗名赫赫，其生命历程却不可谓不跌宕。

乾隆四年（1739），袁枚中进士，以庶吉士身份开始了三年的翰林院生活，但他在翰林院学习满文成绩不佳，所以散馆时被授以末等，只能出放县令。失落至极的他来到南京，接受任命。乾隆七年（1742）至九年间，袁枚先后在溧水、江浦、沭阳等地担任知县。乾隆十年（1745）春，又奉命调任江宁知县。这时他已经适应官场规则，在沭阳任上还取得了相当不错的政绩。但好景不长，乾隆十二年（1747），在修江宁县志时，因选用前朝文人内容过多而犯忌讳，虽苦守知县七年，且得到时任总督好友的举荐，仍郁郁不得升。乾隆十三年（1748），袁枚托病辞官，在江宁（今南京）小仓山购置隋氏废园，改名“随园”，开始了他的隐居生涯。但由于经济日渐窘迫，不久后，入仕的想法再次萌生，他又走上入京的路。乾隆十七年（1752），袁枚离开隐居了三年的随园，北上入都。他本以为能继续在南京做地方官，没想到却是去陕西上任。这一年里，他先是在二月入京候命，三月就离京赴陕，五月到达西安，又在西安周边游览一圈。可是官还没做几天，同年九月，父亲的亡讯传来，袁枚只好南归守孝。至此 37 岁的袁枚在经历了短暂的二次出仕后，旋即因南归丁忧而作罢。此后他长久归隐随园，著有《小仓山房集》《随园食单》等众多流传至今的佳作，其文笔与著名的大学士纪昀（纪晓岚）齐名，时称“南袁北纪”。嘉庆二年十一月十七日（1798年1月3日），袁枚去世，享年82岁，安葬于南京百步坡，后世称其“随园先生”。

第二节 《随园记》

随园位于江宁（今江苏南京）小仓山下，旧属曹家（即曹雪芹笔下的大观园），曹氏被抄家后归于江宁织造隋赫德。隋赫德被抄家后，时任江宁县令的袁枚以三百金购得随园，当时“园倾且颓弛……百卉芜谢，春风不能花”，荒废已久。袁枚购得后，加以整治，由于是“随其丰杀繁瘠，就势取景”，因此改名“随园”。可见袁枚高度重视自然，在修葺随园时，随其地形山势而建，因地制宜，不破坏园子原有的地貌，只为园子的自然状态锦上添花。可以说，随园是袁枚“随”理念的物质化体现。

原文

金陵自北门桥西行二里，得小仓山，山自清凉胚胎，分两岭而下，尽桥而止。蜿蜒狭长，中有清池水田，俗号干河沿。河未干时，清凉山为南唐避暑所，盛可想也。凡称金陵之胜者，南曰雨花台，西南曰莫愁湖，北曰钟山，东曰冶城，东北曰孝陵，曰鸡鸣寺。登小仓山，诸景隆然上浮。凡江湖之大，云烟之变，非山之所有者，皆山之所有也。

康熙时，织造隋公当山之北巅，构堂皇，缭垣牖，树之荻千章，桂千畦，都人游者，翕然盛一时，号曰“隋园”，因其姓也。后三十年，余宰江宁，园倾且颓弛，其室为酒肆，舆台嚾呶，禽鸟厌之不肯妪伏，百卉芜谢，春风不能花。余恻然而悲，问其值，曰三百金，购以月俸。茨墙剪阖，易檐改途。随其高，为置江楼；随其下，为置溪亭；随其夹涧，为之桥；随其湍流，为之舟；随其地之隆中而欹侧也，为缀峰岫；随其蓊郁而旷也，为设宧窔。或扶而起之，或挤而止之，皆随其丰杀繁瘠，就势取景，而莫之夭阏者，故仍名曰“隋园”，同其音，易其义。

落成叹曰：“使吾官于此，则月一至焉；使吾居于此，则日日至焉。二者不可得兼，舍官而取园者也。”遂乞病，率弟香亭、甥湄君移书史居随园。闻之苏子曰：“君子不必仕，不必不仕。”然则余之仕与不仕，与居兹园之久与不久，亦随之而已。夫两物之能相易者，其一物之足以胜之也。余竟以一官易此园，园之奇，可以见矣。

己巳三月记

释文

南京从北门桥向西走二里路，有个小仓山，山从清凉山起源，分成两个山岭向下延伸，到桥才消失。山岭蜿蜒狭长，中间有清池、水田，俗称干河沿。河没有干涸的时候，清凉山是南唐皇帝避暑的地方，当时的繁盛可想而知。称得上金陵名胜的，南边有雨花台，西南有莫愁湖，北边有钟山，东边有冶城，东北有孝陵、鸡鸣寺。登上小仓山，这些景物就像漂浮起来一样。江湖这么大，云烟变幻那么快，不是山拥有的景致，都被山拥有了。

康熙年间，江宁织造隋赫德大人在山的北麓，建起殿堂，砌上围墙，种了上千株荻草，上千畦桂花，城里人来游玩的，盛极一时，人们给这座园林起名叫作“隋园”，是因为主人姓隋。三十年后，我主持江宁政事，园林倾塌而且荒芜，里面的房屋被改成酒馆，楼台喧嚣，禽鸟讨厌这个地方不来栖息；百花荒芜，春天也不开花。我感到悲凉怆然，询问园林值多少钱，说值三百两银子，我拿薪水买下来。修补围墙修剪花草，更换房檐改变用途。高的地方，建成临江楼阁；低的地方，修建溪旁亭子；有溪水的地方，修了桥；水深流急的地方，造了舟船；突起险峻的地方，用假山作点缀；平坦而且草木旺盛的地方，设置了观赏设施。有的风景加强，有的风景抑制，都随它的丰盛萧杀繁茂贫瘠情况而定，顺着自然地势选取景色，而不做任何破坏性的改造，仍叫作“随园”，和“隋园”同音，但意思变了。

建成以后感叹：“让我在这里做官，则一个月来一次；让我居住在这里，则每天都来。两者不可兼得，所以辞官而要园子。”于是托病辞官，带着弟弟袁香亭、外甥湄君搬着图书居住在随园里。听苏轼说过：“君子不一定非要做官，也不一定非不做官。”然而我的做不做官，和住这个园子的长久与否，也是随着情况变化罢了。两个事物能够替换，肯定其中的一个足以胜过另一个。我竟拿官职换这个园子，这个园子的奇妙，可想而知了。

己巳年三月写此文

第三节 《随园诗话》

《随园诗话》是清代影响最大的一部诗话，其体制为分条排列，每条或述一评，或记一事，或采一诗（或数诗），乃随笔式。作者辞官后开始编撰，正编成书于乾隆五十五年（1790），由毕沅等资助付梓；补遗则写至作者病故为止，成书于嘉庆年间。

本书的编撰，旨在倡导性灵说诗论，以反对乾隆诗坛流行的沈德潜格调说与翁方纲以考据为诗的风气。其所阐述的性灵说诗论，含义是从创作的主观条件出发，强调创作主体必须具备真情、个性、诗才三方面要素。

性灵说的真情论主张：

一、真情乃诗人创作的首要条件。

二、真情是诗歌所表现的主要内容。

三、以真情感人是诗的主要审美功能。

性灵说的个性论主张：

一、诗人须具个性。

二、艺术创作须有独创性，既不囿于古人，亦不盲从流俗。

三、反拟古、反格调。

性灵说的诗才论主张：

一、诗人创作须具备特殊才能。

二、诗人创作时产生灵感现象。

三、艺术表现须自然天成。

四、诗歌形象要生动、灵活、有趣。

诗话·选

卷一·二（风趣与格调）

杨诚斋曰："从来天分低拙之人，好谈格调，而不解风趣。何也？格调是空架子，有腔口易描；风趣专写性灵，非天才不办。"余深爱其言。须知有性情，便有格律；格律不在性情外。《三百篇》半是劳人思妇率意言情之事；谁为之格，谁为之律？而今之谈格调者，能出其范围否？况皋、禹之歌，不同乎《三百篇》；《国风》之格，不同乎《雅》《颂》：格岂有一定哉？许浑云："吟诗好似成仙骨，骨里无诗莫浪吟。"诗在骨不在格也。

卷一·四五（诗味欲鲜、趣欲真）

熊掌、豹胎，食之至珍贵者也；生吞活剥，不如一蔬一笋矣。牡丹、芍药，花之至富丽者也；剪彩为之，不如野蓼、山葵矣。味欲其鲜，趣欲其真，人必知此，而后可与论诗。

卷六·四三（写景易，言情难）

凡作诗，写景易，言情难。何也？景从外来，目之所触，留心便得；情从心出，非有一种芬芳悱恻之怀，便不能哀感顽艳。然亦各人性之所近：杜甫长于言情，太白不能也；永叔长于言情，子瞻不能也。王介甫、曾子固偶作小歌词，读者笑倒，亦天性少情之故。

第四节 《小仓山房诗文集》

袁枚于小仓山筑随园，并题其室曰“小仓山房”，故以名集。共计八十二卷，分《诗集》三十七卷；《文集》正、续集共三十五卷；《外集》八卷，补遗二卷。今人周本淳标校整理，上海古籍出版社 1988 年出版，纳入“中国古典文学丛书”。

在清中叶诗坛中，袁枚、蒋士铨、赵翼并称三大家，而又以袁枚为第一。他继明代公安派之后，倡导“性灵说”，以与当时盛行于诗坛的沈德潜“格调说”、翁方纲“肌理说”相抗衡。他反对盲目拟古和以格律形式来束缚手脚，主张直抒怀抱，写出自己的个性灵感与“性情遭际”，主张写诗要“不徇人，不欺已，不受古欺，不为习囿”（《答施兰坨论诗书》）。他的这些理论和批评，对于当时充斥诗坛的“温柔敦厚”的诗教和拟古主义、形式主义的诗风，显然是有力的冲击。有人批评他“误以鄙俚浅滑为自然，尖酸佻巧为聪明，谐谑游戏为风趣，粗恶颓放为雄豪……倡魔道妖言，以溃诗教之防”（朱庭珍《筱园诗话》），“惟是轻薄浮荡习气，与《三百篇》‘无邪’之旨相悖”（吴应和《浙西六家诗钞》），不无道理。

他的诗作，感情奔放，议论新颖，笔调活泼，语言明白如话，句法也比较灵活多变。从内容到形式，都有一定创新。同袁枚的论诗主张相一致，袁枚的性灵诗也抒发了他的无限情怀，骨肉之情、同胞之爱、夫妻缠绵均在他的诗中时有流露。袁枚对自己的文章也很自负，他认为文章“欲奏雅者先绝俗，欲复古者先拒今”（《与孙俌之秀才书》），这与他的论诗主张有所不同。他的议论文章说理缜密，有贾谊、陆贽的风采，如《上陈抚军辨保甲状》《上两江制府黄太保书》等。他的抒情文章感情真挚，催人泪下，如众所周知的《祭妹文》《祭薛一瓢文》等，情感曲折，平白如话。他的碑志传记文章更具特色，为我们展现了那一时代的众多人物画像，。如棋手范西屏、名医徐灵胎、名厨王小余、贤吏鲁亮侪等，都在他的文集中留下了光彩的一页。外集八卷为骈文，偶中兼散，舒卷自如。他的骈文虽运用对偶典故，但并不堆砌涂饰，在对偶中兼用散行，能一气卷舒，颇有才气。

诗·选

十二月十五夜

沉沉更鼓急，渐渐人声绝。吹灯窗更明，月照一天雪。

苔

白日不到处，青春恰自来。苔花如米小，也学牡丹开。

所见

牧童骑黄牛，歌声振林樾。意欲捕鸣蝉，忽然闭口立。

鸡

养鸡纵鸡食，鸡肥乃烹之。主人计固佳，不可使鸡知。

春风

春风如贵客，一到便繁华。来扫千山雪，归留万国花。
有情罗幔卷，无力纸鸢斜。惯送梅消息，孤山处士家。

大树

繁枝高拂九霄霜，荫屋常生夏日凉。叶落每横千亩雪，花闻曾作六朝香。
不逢大匠材难用，肯住深山寿更长。奇树有人问名字，为言南国老甘棠。

遣兴（其五）

爱好由来落笔难，一诗千改始心安。阿婆还是初笄女，头未梳成不许看。

遣兴（其七）

但肯寻诗便有诗，灵犀一点是吾师。夕阳芳草寻常物，解用多为绝妙词。

寄聪娘（其二）

一枝花对足风流，何事人间万户侯。生把黄金买离别，是侬薄幸是侬愁。

文·选

黄生借书说

黄生允修借书，随园主人授以书，而告之曰：

书非借不能读也。子不闻藏书者乎？《七略》《四库》，天子之书，然天子读书者有几？汗牛塞屋，富贵家之书，然富贵人读书者有几？其他祖父积、子孙弃者，无论焉。非独书为然，天下物皆然。非夫人之物而强假焉，必虑人逼取，而惴惴焉摩玩之不已，曰："今日存，明日去，吾不得而见之矣。"若业为吾所有，必高束焉，庋藏焉，曰"姑俟异日观"云尔。

余幼好书，家贫难致。有张氏藏书甚富，往借不与，归而形诸梦。其切如是。故有所览，辄省记。通籍后，俸去书来，落落大满，素蟫灰丝，时蒙卷轴。然后叹借者之用心专，而少时之岁月为可惜也。

今黄生贫类予，其借书亦类予。惟予之公书，与张氏之吝书若不相类。然则予固不幸而遇张乎？生固幸而遇予乎？知幸与不幸，则其读书也必专，而其归书也必速。为一说，使与书俱。

戊子中秋记游

佳节也，胜境也，四方之名流也，三者合，非偶然也。以不偶然之事，而偶然得之，乐也。乐过而虑其忘，则必假文字以存之。古之人皆然。

乾隆戊子中秋，姑苏唐眉岑挈其儿主随园，数烹饪之能，于烝彘首也尤。且曰："兹物难独啖，就办治，顾安得客？"余曰："姑置具，客来当有不速者。"已而，泾邑翟进士云九至。亡何，真州尤贡父至。又顷之，南郊陈古渔至，日犹未昳。眉岑曰："予四人皆他乡，未揽金陵胜，盍小游乎？"三人者喜，纳屦起，趋趋以数，而不知眉岑之欲饥客以柔其口也。

从园南穿篱出，至小龙窝，双峰夹长溪，桃麻铺芬。一渔者来，道客登大仓山，见西南角烂银坌涌，曰："此江也。"江中帆樯，如月中桂影，不可辨。沿山而东至虾蟆石，高壤穹然。金陵全局下浮，曰谢公墩也。余久居金陵，屡见人指墩处，皆不若兹之旷且周。窃念墩不过土一抔耳，能使公有遗世想，必此是耶？就使非是，而公九原有灵，亦必不舍此而之他也。从蛾眉岭登永庆寺亭，则日已落，苍烟四生，望随园楼台，如障轻容纱，参错掩映，又如取镜照影，自喜其美。方知不从其外观之，竟不知居其中者之若何乐也。

还园，月大明，羹定酒良，彘首如泥，客皆甘而不能绝于口以醉。席间各分八题，以记属予。嘻！余过来五十三中秋矣。幼时不能记，长大后无可记。今以一彘首故，得与群贤披烟云，辨古迹，遂历历然若真可记者。然则人生百年，无岁不逢节，无境不逢人，而其间可记者几何也？余又以是执笔而悲也。

第五节 《小仓山房尺牍》

作为一种应用文体，尺牍可以看作书信的别称。但自晚明以来，“尺牍”一名另具别义，是书信中富有文学性、写意性、少拘束、多趣味的一类，说是小品式的书信可，看作书信体的小品也无妨。这种书信中的小品滥觞于魏晋，扬波于苏轼、黄庭坚，至晚明小品文学飙兴，尺牍更成了抒写性灵的极佳载体，于是小品化的尺牍大行其道，泛滥于风雅之林，标新立异，出奇逞能，至清初虽余波渐息，尚有可观。清代中叶的乾嘉时期，袁枚在从事诗歌和古文创作的同时，有意识地试图用自己的写作实践，振兴已经消歇的尺牍文学。

袁枚是少有的在文集之外另外编选尺牍的古文家，在尺牍写作方面，他被誉为“清代唯一一个才气与眼光都可称道的尺牍作家”，是“清代尺牍文学的峰巅”，亦为“中国尺牍文学史收底的大家”。欧阳俊先生对其艺术成就评价云：“论文则鞭辟入理，言情则直抒性灵……语言新巧清雅，简约有韵致；不拘文法，恣情任性，意趣横生；成语典故，信手拈来，缀玉编珠，浑然一体。……骈散相间，典丽华美，深得六朝体格，读来琅琅上口，回味无穷。”

《小仓山房尺牍》，袁枚自编，最初由扬州盐商洪锡豫在获得袁枚首肯后，于乾隆五十四年（1789）前后刊刻，初刻为六卷，晚年增补为十卷。洪锡豫序文评价说它“读之意趣横生，殊胜苏黄小品”。袁枚文集中另有书信五卷，续集中也有若干首。

尺牍·选

答相国

书来，敦逼再三，又命群公子环檄而嬲之，枚虽为石人，亦不得不拾颜渊之尘，煮魏昭之粥矣。昨漏下二鼓，聚家人而谋焉。佥以为夫子饱太官之馔，饫天厨之珍，凡尧葱舜韭、禹粮汤烹，酒号三辰、脯名千里者，何一不属厌于相公之腹！一旦种菜野人，想出奇制胜，不亦难乎？然枚独气粗胆壮而奋然治具者，恰别有说焉。

每见大富贵人，堂上悬画一幅，制行乐一图，往往不画玉几金床，而反画白蘋红蓼、竹杖芒鞋者，何哉？盖味浓则厌，趣淡反佳故耳。枚今所献，亦仿此意而为之，如平日诗文，自出机杼，不屑寄人篱下。伊川先生云："凡事必求一是处。"况束修古礼，不敢以苟且将之。以故别之欲其真也，冽之欲其清也，调而尝之，欲其臭香而引津也。幂而急驰之，封碧磁之口，欲其旨蓄而气不上升也。自以为弟子之于味也，尽心焉耳矣。且饮食之道，不可以随众，尤不可以务名。尝谓燕窝、海参，虚名之士也，盗他味以为己味；鸡鸭、鱼豚，豪杰之材也，卓然有自立之味，各成一家，且如广大教主，往往以阴德济人，而己不居其功。枚所献，有鸡豚，无海菜，故又作解嘲之说，自文其陋，唯夫子哂之。再有请者，陆氏庄荒三十年，一旦偶有萌芽，倘樵者又从而践踏之，则从此寸草不生矣。诚恐所献之味，有不中于口者，还求夫子隐恶而扬善，勿宣布于众人为幸。

寄房师邓逊斋先生

六月初接夫子书，知因计典休官，将还西蜀。枚初闻甚骇，觉当今有数正人，昭昭然如晨星之丽天，忽又散去，苍生将何望焉！继为夫子思之，则又色然而喜。

古大臣能进以礼，退以义，吟风弄月而归者有几人哉？圣人以微罪行尚可，而况以无罪行乎？夫子书中亦极以退归为乐，此虽夫子不言，而枚早已知夫子之心之深也。使夫子有好爵尔縻之意，则当三十年前隆隆骤迁时，必不告归请养，急流勇退矣；岂待于今六十高年，而转有所恋恋哉？惟思枚二十三岁受夫子知，至如今五十九岁，虽乞身太早，不以远大自期，有负夫子属望之至意。然今日之一丘一壑，一饭一衣，饮水思源，皆夫子之所赐也。从前长安通书，彼此容易；此后则万里西川，鳞鸿少便矣！白头师弟，再见何时？静言思之，泪如雨下。犹记《送尹文端公入相序》云："倘或前缘未尽，定重逢问字之车；如其后会难知，誓永立来生之雪。"不图此日又为夫子诵之。命撰墓志，在夫子达人之见，无闷于怀，而枚则何敢？古人如陶靖节之自祭，司空表圣之墓铭，自为之可也，他人为之不可也。预凶有非礼之讥，而况门生乎？惟生传则自古有之，如韩昌黎之于何蕃，司马温公之于范镇，有例可援，枚当撰成寄上。未知寸莛击钟，能表扬贤者千万分之一否？

师母夫人温恭淑慎，于法宜铭，谨撰墓志一篇，先镌玄石。札中有为世兄完姻将到维扬之说。枚欲先往延候、恐舟到无期；而出月又为家慈九十寿期，未免有人子应办之事，难以渡江。为此特差家人先到扬州，并托族弟常镇道名鉴者加意照应。谨具程敬，聊表区区。

第六节 《所好轩记》

所好轩，袁枚在随园的藏书处。此文名为写其“轩”，实则写其“所好”。袁枚爱好众多，好书与群好何异？一、读书不受任何条件限制，永无止境；二、读书能让人产生独特的精神体验，不可替代。对读书的这两层思考让这篇小文在情致之外见出深刻。

原文

所好轩者，袁子藏书处也。袁子之好众矣，而胡以书名？盖与群好敌而书胜也。其胜群好奈何？曰：袁子好味，好色，好葺屋，好游，好友，好花竹泉石，好珪璋彝尊、名人字画，又好书。书之好无以异于群好也，而又何以书独名？曰：色宜少年，食宜饥，友宜同志，游宜晴明，宫室花石古玩宜初购，过是欲少味矣。书之为物，少壮、老病、饥寒、风雨，无勿宜也。而其事又无尽，故胜也。

虽然，谢众好而昵焉，此如辞狎友而就严师也，好之伪者也。毕众好而从焉，如宾客散而故人尚存也，好之独者也。昔曾皙嗜羊枣，非不嗜脍炙也，然谓之嗜脍炙，曾皙所不受也。何也？从人所同也。余之他好从同，而好书从独，则以所好归书也固宜。

余幼爱书，得之苦无力。今老矣，以俸易书，凡清秘之本，约十得六七。患得之，又患失之。苟患失之，则以“所好”名轩也更宜。

释文

所好轩，是我藏书的书房。我的爱好很多，为什么要独独把自己对书的爱好称为“所好”呢？那是因为和其他的爱好相比，我对书的爱好更强烈一些。为什么我对书籍的爱好超于所有嗜好之上呢？我喜欢美食，喜欢修建房屋，喜欢游玩，喜欢结交好友，喜欢花竹泉石，喜欢珪璋彝尊这些贵重的礼器酒器，喜欢名人字画，当然还有书。对书的爱好与对其他的爱好没什么区别，为什么独独因为爱好书而命名“所好轩”呢？那是因为：少年时才能好美色，肚子没饱才能好美食，交朋友必须找志同道合的，出去游玩最好在晴朗明丽的天气，对宫室花石古玩的爱好也就是在刚购买的时候，没过多久就不新鲜了。而书这种东西，无论是少壮、老病、饥寒、风雨，不受限制，爱好无有止境。

即使是这样，拒绝其他的爱好而加倍爱好书，就像是谢绝了关系密切而行为不庄重的朋友，去寻找严厉的老师一样，爱好得有点假。结束了其他的嗜好而加倍爱好书，就像是宾客在席间散去而老朋友留了下来，爱好得有些偏狭。从前曾皙特别爱吃羊枣，不是不爱吃烤肉，但是说到爱吃烤肉，曾皙却不接受，为什么呢？是因为依从了大家共同的爱好。我其他的爱好是依从别人，只有爱书是依从自己。所以把我的“所好”归于书也就是本来应该的了。

我小时候就喜欢书，可惜那时苦于无法得到。现在我老了，用俸禄买书。宫廷中收藏的所有图书，我差不多收藏了十分之六七。以前担心得不到书，现在我又怕丢了书。只是怕丢失这一点，以“所好”命名我的书屋也自然是应该的了。

第七节 《厨者王小余传》

王小余是随园厨师，烹饪技艺高超，“作厨如作医”。袁枚详叙其选料、烹饪、涤器的全过程，描绘了一个对烹饪严格要求、精益求精的厨师形象，继而写王小余的烹调理论及处世为人之法。本文能恰到好处地从烹调与品味的角度反映出王小余的技艺，也得益于袁枚对饮食之道的精通。

原 文

小余王姓，肉吏之贱者也。工烹饪，闻其臭者，十步以外无不颐逐逐然。初来请食单，余惧其侈，然有颍昌侯之思焉，唶曰：“予故窭人子，每餐缗钱不能以寸也。”笑而应曰：“诺。”顷之，供净馔一头，甘而不能已于咽以饱。客闻之，争有主孟之请。

小余治具，必亲市物，曰：“物各有天。其天良，我乃治。”既得，泔之，奥之，脱之，作之。客嘈嘈然，属餍而舞，欲吞其器者屡矣。然其簋不过六七，过亦不治。又其倚灶时，雀立不转目，釜中瞠也，呼张喻之，寂如无闻。眣火者曰“猛”，则炀者如赤日；曰“撤”，则传薪者以递减；曰“且然蕴”，则置之如弃；曰“羹定”，则侍者急以器受。或稍忤及弛期，必仇怒叫噪，若稍纵即逝者。所用堇荁之滑，及盐豉、酒酱之滋，奋臂下，未尝见其染指试也。毕，乃沃手坐，涤磨其钳铦刀削笮帚之属，凡三十余种，庋而置之满箱。他人掇汁而捼莎学之，勿肖也。

或请受教，曰："难言也。作厨如作医。吾以一心诊百物之宜，而谨审其水火之齐，则万口之甘如一口。"问其目，曰："浓者先之，清者后之，正者主之，奇者杂之。视其舌倦，辛以震之；待其胃盈，酸以隘之。"曰："八珍七熬，贵品也，子能之，宜矣。嗛嗛二卵之餐，子必异于族凡，何耶？"曰："能大而不能小者，气粗也；能啬而不能华者，才弱也。且味固不在大小、华啬间也。能，则一芹一菹皆珍怪；不能，则虽黄雀鲊三楹，无益也。而好名者有必求之与灵霄之炙，红虬之脯，丹山之凤丸，醴水之朱鳖，不亦诬乎？"

曰："子之术诚工矣。然多所炮炙宰割，大残物命，毋乃为孽欤？"曰："庖牺氏至今，所炮炙宰割者万万世矣。乌在其孽庖牺也？虽然，以味媚人者，物之性也。彼不能尽物之性以表其美于人，而徒使之狼戾枉死于鼎镬间，是则孽之尤者也。吾能尽《诗》之吉蠲、《易》之《鼎》烹、《尚书》之藁饫，以得先王所以成物之意，而又不肯戕杞柳以为巧，殄天物以斗奢，是固司勋者之所策功也。而何孽焉？"

曰："以子之才，不供刀匕于朱门，而终老随园，何耶？"曰："知己难，知味尤难。吾苦思殚力以食人，一肴上，则吾之心腹肾肠亦与俱上；而世之喷声流歠者，方与庙败同饇也。是虽奇赏吾，而吾伎且日退矣。且所谓知己者，非徒知其长之谓，兼知其短之谓。今主人未尝不斥我、难我、掉磬我，而皆刺吾心所隐疚，是则美誉之苦，不如严训之甘也。吾日进矣，休矣，终于此矣。"

未十年卒。余每食必为之泣，且思其言，有可治民者焉，有可治文者焉。为之传以永其人。

释文

小余姓王，是个身份低贱的煮肉差役。他擅长烹饪，人们闻到他烧菜的香味，十步以外没有不面颊上下跳动、歆羡向往的。最初他向我请示菜单，我怕他太奢侈，但又有颍昌侯那样的思虑，就叹了口气说：“我本来是个穷人，每顿饭花的钱（缗钱，即串起来的铜钱）不能超过一寸。”他笑着答应说：“好。”不久，上了一筵素斋，味道甘美，大家不停地吃，不知不觉就饱了。客人听说了他，争着请他为自己主厨。

小余准备菜肴，一定要亲自上市场选购原料，他说：“东西各有其天性，天性好的，我才用。”买到后，就淘洗、加热、清理、调制。客人吵吵着，接连地吃到满意，手舞足蹈，好几次恨不得吞下餐具。但是篮子里只有六七道菜，超过这个数目也不再做了。另外他站在灶台旁边，像鹤一样站着，目不转睛，只瞪着锅中，除了呼吸挥动之外，静得听不见声音。他以目示意说“猛火”，则火烧得像大太阳一样；说“撤火”，烧火的人就递次减少柴火；说“停烧用底火”，烧火的人就丢在一边不管；说“羹好了”，旁边帮厨急忙拿餐具来接。有人稍稍违背他的意思或是耽误了时间，他必定像对仇人一样怒骂大叫，好像稍微错过一点就没机会弥补了一样。他用的滑料如堇、荁，调味料如盐、豉、酒、酱，直接挥手就下，没见过他用指头蘸着尝一下。活干完了，就洗手坐定，洗磨他的钳子、叉子、刀子、刨子、筦具、刷子之类，共三十多种，把柜子放得满满的藏起来。别人拾起他剩下的汤汁，反复揣摩研究模仿学着做，可是不像。

有人请他传授技艺，他说：“很难用语言表达。当厨子就像当大夫。我专心察看各种原料的特性后断定它们适合怎么做，细心斟酌怎么用水火来配合，这样众口都调和以为味美，如同一口了。”问他做菜要领，他说：“味浓的在先，味淡的在后。味正的为主料，味奇的为调剂。等人舌头麻痹了，就用辣味来刺激它；等人胃满了，就用酸味来将食欲抑制。”问者说：“八珍七熬（八珍指淳熬、淳母、炮豚、炮牂、捣珍、渍、熬、肝膋，七熬不详），这是珍贵的品种，您能烹饪，这正常。区区两只鸡蛋的饭，您做的必定跟普通人不一样，为什么呢？”他说：“能做大菜而不能做小菜的，是因为志大才疏。能做简餐而不能做盛宴的，是技能低下。而且味道本来不在乎大或小、简单或丰盛之间啊。如果有才能，则普通的芹菜、腌菜都能做成珍贵奇特的佳肴；没才能，那么即使有三间屋子的腌黄雀之类的珍贵食材也无济于事。而贪图名声的一定要灵霄宝殿上做出的烤肉、红虬做出的肉干，用丹山凤凰做的丸子，醴水的朱鳖，不是很荒唐吗？”

问的人又说：“您的技艺确实精巧啊。但是多烧煮杀生，残害动物的性命，不是作孽吗？”他说：“从伏羲氏到现在，从事炮炙宰割的人已经万万代了，伏羲的恶孽在哪里呢？虽然如此，但是用味道来取悦人，是生物的本性。那些不能充分利用生物的本性向人展示其美味，而白白地让它们在锅里面枉死，这才是一种极重的罪孽。我能像《诗经》里的‘吉蠲’一样美善洁净，用《周易》里的‘鼎’来烹煮，像《尚书》里的‘藁饫’那样用草来烧制，以符合先王成全百物的意愿，而又不肯戕害杞、柳来当作巧妙，暴殄天物来跟人比奢华，这本来是司勋的人所应当铭记功勋的啊，有什么罪孽呢？”

问者说：“以您的才能，不在豪门望族的家里整治膳食，而在随园里终老，这是为什么呢？”他说：“懂得我难，懂得美味更难。我苦思尽力地为人做饭食，一道菜上去，就像把我的五脏六腑也跟着一起送上去了。而世上那些只知道咂着声音吃喝的人，只是跟吃腐烂的食物一样觉得很满意。他们虽然很欣赏我，但是我的技艺却会一天天退步。况且所谓知己的人，说的是那种不只能了解其长处、也同时能知道其短处的人。现在随园主人（指袁枚）并非不批评我、为难我、对我发火，可是他都能刺中我心里暗自内疚的毛病。像这样，那些不切实际的赞誉给予我的痛苦当然不如随园主人对我严厉训诫的甘美。我的烹调技艺一天天进步了。算了吧，我还是终老在这里吧。”

不到十年，他去世了。我每每吃饭，都为他而落泪，也会想起他说的话，里面有治理百姓的道理，有写文章的道理。就为他写了这篇传记，以称赞纪念他。

第二章

五季的饮食与起居

第一节　春季饮食起居

春三月，此谓发陈，天地俱生，万物以荣，夜卧早起，广步于庭，被发缓形，以使志生，生而勿杀，予而勿夺，赏而勿罚，此春气之应，养生之道也。逆之则伤肝，夏为寒变，奉长者少。

——《黄帝内经·素问·四气调神大论》

【春生】

（一）饮食

春之气为少阳之气，人体阳气亦然，饮食上可适当吃一些性味微辛微温的食物以发阳气。明代李时珍在《本草纲目》中认为，可以用葱、蒜、韭菜、青蒿、芥菜五种菜，作为食物或配料加以食用，称为“五辛菜”；北方有吃“香椿炒鸡蛋”“春饼”等食物，其中有葱、香椿等菜，能助发阳气。但是不宜常吃，更不宜食用牛、羊、鸽子、白酒、人参等大温大热的食物，因辛温食物有发散的作用，久服反而耗散阳气；也是为了防止发散不当或是温补太过，反助长邪气引动宿疾，如春季哮喘、疹、过敏、高血压等疾患多与此有关。

春季肝气生发，但木旺则易克伐脾土，故《金匮要略》有“春不食肝”之说，即是防肝木太过而克伐脾土。因此春季饮食调养中，宜减酸味、益甘味，以养脾气，使土木制化相宜。诸如米、面、枣等皆能入脾健脾。春归大地，天气渐暖，人体代谢也加强，各器官负荷增加，中医认为“春以胃气为本”，因此春季饮食应注意改善和促进消化吸收功能，多吃点富含蛋白质的食物，不管是食补还是药补，应有利于健脾和胃、补中益气，保证营养品能被顺利充分地吸收，以满足春季人体代谢增加的需求。

（二）起居

日常起居应当注重舒展、宣发、条达人体气机，与春季阳气升发相应。

春季入寝无须过晚，入夜即眠，保护阳气以备于升发；天明即起，着衣宽松，出户活动，升发阳气以助其条达。不可熬夜通宵，否则易折损、耗伤阳气；亦不可恋床贪睡，否则气机宣发不畅，久之生头晕、失眠、困顿、乏力之感，即与阳气受损或升发不利有关。

必须注意保暖御寒，冬装不可骤然全减，要做到随气温变化及时增减衣服，使身体适应春天气候变化的规律。被褥也不要立刻换薄。我国民间历来有“春捂秋冻”之说，如果过早脱去棉衣极易受寒，易患流感、上呼吸道感染、气管炎、肺炎等呼吸系统疾病。外出活动时，即使天气较热，也需预备一件略厚些的外套，以防气候反复。

春天中后期，即仲春、季春时，阳光普照，和风宜人，尤其惊蛰之后，蛰伏一冬的生物开始应春而动，此时也是春季流行病、季节病高发之时，流行性感冒、腮腺炎、流脑等流行病及咳喘等呼吸系统疾病在春季高发。而当春芽吐绿、春花盛开之时，花粉飘飞、杨柳絮满天，会诱发过敏性疾病。这些疾病中医辨证多属“风邪”为患，因此，开春之后需注意“虚邪贼风，避之有时”。尤其是素体虚弱或过敏体质之人，抑或罹患慢性肺部疾患的人，均需格外警惕。除注意“春捂”外，出行时最好佩戴口罩，不要到人群密集的场所活动。

（三）运动

勿贪床守舍，宜强筋健体，动气活血，以助发阳气。

春季，晨起运动幅度应以缓和为主，动作宜轻动灵巧、舒展柔和，以达到能舒缓筋骨、升发阳气的目的。而运动方式众多，不必拘泥，如散步、慢跑、练八段锦、打太极拳等皆可。方法上以轻灵为要领，吸气以鼻、呼气以口，使气息调和、吐纳均匀；心中宜静、不宜躁；以微似汗出为宜、汗流淋漓为戒，运动适宜而微汗出，可畅通气血、吐故纳新，活动失度而大汗出，则耗气动血、夺汗伤津。锻炼之后应有精神爽慧、心情愉悦、推陈致新之感；若锻炼之后有神疲乏力，头晕心慌、失眠多梦、记忆不佳等不适，则是锻炼失度，适得其反。活动场所可选公园、草地、湖边等清净之地，远离繁杂、污染之处。

春日阳光明媚，惠风和畅，外出踏青不但能舒展筋骨、升发阳气，还能开阔胸襟，陶冶情操，使身心得到舒缓。春初寒温容易变化，因此出游时需备防寒衣物。惊蛰、谷雨之后，气候逐渐温和、稳定，阳光明媚，正是出游好时节。游玩地点可选乡间田野、园林亭阁、花间树下、溪旁河边等草木葱郁、细水清流之处。而游玩方式不必刻意远行或是跋山涉水，品茶对弈、闲庭信步、赏花品香等，亦不失情趣。

（四）情志

精神上要使自己的情志舒展调达，乐观恬愉，以顺春季升生之性。核心是要精神愉快，以满足“肝主疏泄”的功能特点。因肝属木，与春相应，在志为怒，恶抑郁而喜调达，故而在春天应让情志生发，切不可扼杀；应助其畅达，而不能剥夺；应赏心怡情，不可抑制摧残，由此才能使情志与“春生”之气相适应。

春季的情志以易变、易郁、易怒为特点。春季也是情志病的高发季节。轻则胸闷、烦躁、易怒、失眠等，重则神情淡漠、狂躁不安、打人毁物、声嘶力竭等，都是情志不畅所致。春季的情志调养，当以豁达、舒畅、恬静、和缓为度；不可大喜大怒，喜怒无常则生变，不可固执拘泥，执着不变则生郁。

出户踏青是舒畅胸怀、宣发抑郁的良方。游玩之时，寄情于山水之间，忘怀于芬芳之中，锻炼之余又能抒发情怀，对情志的调节与宣发大有益处。此外，盛怒之后，号啕大哭亦是平肝息怒、宣发抑郁的方法。悲为金之属，怒为木之性，悲则金能胜木，平其亢厉；而号啕之中，气机宣发，抑郁随哭而解，大怒随泪而消。

第二节　夏季饮食起居

夏三月，此谓蕃秀，天地气交，万物华实，夜卧早起，无厌于日，使志无怒，使华英成秀，使气得泄，若所爱在外，此夏气之应，养长之道也。逆之则伤心，秋为痎疟，奉收者少，冬至重病。

——《黄帝内经·素问·四气调神大论》

【夏长】

（一）饮食

夏季饮食调养的重点，一为养阳，二为清暑，三为护心。夏季虽酷暑炎热，而人体阳气充斥于外，内则相对空虚，饮食反宜温不宜寒，温则养护脾胃，寒则克伐阳气。因此夏季饮食上，宜食热餐，少食生冷。冷饮看似能清热祛暑，实际清暑不足，反而寒凉易伤及脾胃。脾胃受损，清气不升，易生痰湿，而诸如肢体困倦、精神萎靡、大便稀溏等症状，多是由于饮食不当、伤及脾胃所致。饮水应注意小口慢饮，温冷适宜，一则祛暑，二则补充津液；不能大口豪饮，不可贪凉饮冷。若有头晕、乏力、口渴等不适，应立即避开烈日移至荫凉之处，解开衣扣，以散热、缓解不适。身边可常备如人丹、风油精、藿香正气水、清凉油等祛暑药品。

暑气炎热蒸腾，易耗气伤津，因此宜食用解暑清热、生津止渴的瓜果，如西瓜、乌梅、草莓、荔枝、黄瓜等，可直接食用，可榨汁饮用，也可相互拼杂，方法不一。诸如荔枝、龙眼、橘子等水果，虽然能生津止渴，其性偏温，常吃易引起咽痛、口疮等问题，因此食用时当适可而止，不可贪吃。瓜果之外，可自制养生粥食用，不仅能解暑生津，还能调养脾胃，诸如绿豆、荷叶、莲子、百合、薏苡仁等食材，依个人喜好任选两三种与粥同煮。绿豆、赤豆清热祛暑效果颇佳，盛夏之时，常备绿豆汤或赤豆汤，代茶饮用乃是祛暑佳品。

夏季之中，暑热盛行，热气太过则为邪为害，若热邪亢盛，扰动心神，则心烦不安、口舌生疮、小便黄赤等，可食用清热泻火之品，使热邪从小便而出，如绿豆、冬瓜、白菜等。若素有心病，心气不足或心阳不振，宜温之、补之，补心可用小麦、大枣、柏子仁等，温阳宜用肉桂、龙眼肉等。

此外，夏季炎热，新旧更迭加快，食物容易腐败。因此日常饮食上，应选择新鲜食物，陈旧、隔夜、酸腐食物不可食用，若饮食不当，则会导致腹泻，甚则肠炎、痢疾等疾病。

（二）起居

日常起居中应多养护、壮大、充实阳气，与夏季阳气的盛大相合。

夏季入寝可稍晚一些，阳气无须过早入阴而使阴气用事，亦不可过晚，入寝最晚在子时前；天明即起，出户活动、多运动、多晒太阳，使一身阳气向外舒展、涌发，借天地阳气的盛大来养护自身阳气。

夏季气温少有反复，逐渐升高。日常起居可与“日长夜短”的自然规律同步，不能为避开炎热而足不出户，应多出户活动、多晒太阳，当增加汗出，使津液流通、气机宣畅，促进阳气壮大。由于天气渐热，汗出增多，衣着以轻薄、吸汗为好，材质可选棉质、麻质或真丝质；汗出后需及时擦干汗液，衣物需勤洗勤换，不可久穿湿衣，否则易使汗出不畅阻碍气机，又易集聚湿气，导致湿疹等皮肤疾病。

因过度贪凉而导致的疾病也逐渐增多。防暑降温须有度，最忌过激失宜。夏季气温升高，汗出增加，腠理开泄，此时不能汗出当风，否则使邪气乘虚而入，轻则感冒、发烧等，重则面瘫、肢体偏枯等，多是由于乘凉不当所导致；与此同理，夜晚亦不可当风入睡，以免邪气侵入。沐浴时，宜用温水洗浴，这样沐浴后腠理自然开泄，津液畅通，也可祛除暑气；不可冷水冲淋，虽有一时之快，但腠理因寒而闭，不仅使汗出不畅，暑湿稽留，更易招致寒邪；亦不可水温过高，易使人气血流行过快，汗出增多，反而伤津耗气，甚则头晕、昏厥。

午间小憩亦是养生之法、调养之道。相对于其他季节，夏季日长夜短，迟卧早起，中午休息小眠可以恢复精力。此外，子午之时，阴阳交变，适当午休，可养护阳气、化生阴气，使阴阳调和，百病不生；同时也能回避暑热、防止中暑，一举两得。夏季午休时间可稍长，取一小时左右甚佳。

（三）运动

晨起运动的幅度可舒展大方、增大开阖，以达到抻筋拔骨、畅行气血、壮大阳气的目的。夏季运动方式较春季更为丰富，诸如慢跑、打拳、抽陀螺等，运动渐大，不避日光。但仍须适可而止，不能大汗，以免耗伤津液，甚则伤阴中暑。除跑步、打拳之外，若不胜烈日，户外游泳亦是佳选。游泳不仅可以消暑，还具有强身健体、协调四肢的功用。游泳前需准备热身，使全身筋骨、肌肉活跃，以免入水后由于水温不适，引起腿部拘挛疼痛等意外。游泳消耗体力较大，因此锻炼与休息应交替适宜。而由于水温与体温存在差异，体弱之人应先以水拭身，逐渐适应水温后入水，并且游泳时间不必过长，适当上岸休息，接受日光以恢复体力。夏季合理锻炼可以增强体质，若一味好静，缺乏锻炼，阳气无法充盛，则不利健康。

动能养生，静则亦然。夏日气温渐高，若不胜高温、不能运动，则恬静修养，同样可调养身心。午休之后，或信步于林阴花间，或垂钓于溪水河边，或品茶于静亭雅阁等；晚饭后，树下纳凉、读书习字、品诗赏画等，虽不能活动气血，舒活筋骨，但静则养心，宁则养神。

（四）情志

人们的精神情绪应像含苞待放的花一样饱满，以顺应夏日自然繁茂之势。人的气血因自然界阳热之气的推动而趋向于体表，人的情志亦因之外泄，因此夏季应使机体的气机宣畅、通泄自如、情绪外向，使情志与“夏长”之气相适应。

夏季暑热之时，若避之不及，易扰乱心神，使人烦躁不安，此时调心宁神尤为重要。方法上可调息守静，气息深长，从而静心；或登高而望，使心胸开阔，神志宁静。如此则心静而身凉，避暑与调神兼得。另外，炎炎夏日往往令人心烦生怒，为此遇事戒怒最为重要，怒虽为肝志，但怒气一发，不仅伤肝，亦乱心神，从而导致各种疾病。关键是保持心神的宁静。

夏季的精神调养宜保持神清气和及乐观而积极向上的情绪，一则长养阳气，二则调养心气。但也不可宣畅太过，遇事情绪不可过激，勿大喜大怒而影响气机，使心神涣散。反之，也不可过于消极，若遇事懈怠消极，稍有不顺则懊恼忧郁，或喜怒不溢于色，压抑情志，亦有碍气机宣畅，甚至影响五脏气血流通，皆不可取。

第三节　长夏饮食起居

脾主长夏，足太阴阳明主治，其日戊己。脾苦湿，急食苦以燥之。……病在脾，愈在秋，秋不愈，甚于春，春不死，持于夏，起于长夏，禁温食饱食、湿地濡衣。……脾色黄，宜食咸，大豆、豕肉、栗、藿皆咸。

——《黄帝内经·素问·脏气法时论》

【长夏化】

（一）饮食

长夏饮食调养的重点，一为清热，二为利湿，三为健脾。长夏季节特点是“天热下迫，地湿上蒸”，湿热交汇，既有热，又夹湿。长夏在时间上过农历六月，在节气上涵盖小暑、大暑，属于全年中雨水较多的时间段，江浙地区属于梅雨季节，即“黄梅天”。此时万物生长旺盛，为“夏长之极”，是为古之“长夏”。长夏期间，既容易受热，也容易感湿。而人体脾脏特点是“喜燥恶湿”，湿气过重，容易影响脾脏运化功能，导致消化不良。胃腑虽“喜湿恶燥”，但湿浊壅盛，也会导致胃的受纳功能的障碍，常有恶心、呕吐的情况出现。所以，长夏多热多湿，人往往感到头重脑疼，则容易抑郁、倦怠、胸闷、胃口不好。而对于体质湿热者来说，手心脚心常有发热感，且在湿和热交相之下，容易便秘或是大便黄臭。

长夏饮食应以健脾、清热、利湿为基本原则。以清淡、苦寒、富有营养、易消化的食物为佳，避免用粘腻碍胃难以消化的食物，注意不可过食生冷，包括冰镇食品及寒凉食物。长夏适宜食用的谷物类食物有小米、绿豆、薏米、白扁豆、莲子、百合、荞麦、黄豆、红小豆、蚕豆等。适宜食用的肉类食物有鸭肉、猪肚、猪肉、牛肉、牛肚、鸡肉、鸽肉、鹌鹑肉、鲫鱼、乌龟、甲鱼等。适宜食用的蔬菜类有苦瓜、冬瓜、丝瓜、莴笋、芹菜、番茄、黄瓜、海带、白萝卜、竹笋、白菜、莲藕、胡萝卜、菠菜、黑木耳、香菇、银耳、蘑菇、猴头菌等。适宜食用的果品类有梨、西瓜、大枣、甘蔗、山楂、橄榄、南瓜子、花生、黑芝麻、橘子、葡萄、杨梅等。长夏不宜食用的食物主要是辛辣燥烈、大热大补的食物，如辣椒、生姜、大葱、大蒜等，以及狗肉、鹿肉、羊肉、白酒等温热饮食。同时，长夏也应少喝各种冷饮制品、冰冻啤酒、咖啡。《黄帝内经》有云“五谷为养”，五谷是最养脾胃的，主食一定要吃。生冷寒凉的东西尽量不吃或少吃，不要暴饮暴食。多食小米粥以补养脾胃。

（二）起居

顺应自然界阳长阴消的变化，宜晚睡早起。安排室外工作和体育锻炼时，应避开烈日炽热之时。合理安排午休时间，一为避免炎热之势，二可消除疲劳之感。要保持二便通畅，防止湿热郁聚。注意个人卫生，预防皮肤病变，以防诱发疮疡肿毒的疾病。远离烟酒，烟草为辛热秽浊之物，易于生热助湿，见呕恶、咳嗽、吐痰等。酒为熟谷之液，性热而质湿，过量饮酒必助阳热、生痰湿，酿成湿热。天气炎热，腠理开泄，易受风寒湿邪侵袭，睡眠时不宜长时间电扇送风或在有空调的房间，室内外温差不宜过大，更不宜夜晚露宿。不要长时间暴晒，防止中暑。晒伤后不要立刻用冷水冲洗，可用干毛巾放入冰箱内数分钟，再取出冰敷。严重者找皮肤科医生治疗。日常生活中要注意避免汗出过多导致气机耗伤。不宜在潮湿之地过多停留，居住环境保持干燥。

（三）运动

长夏运动需选择适当的运动量和运动项目。不宜做过分剧烈的活动，若运动过激，可导致大汗淋漓，汗泄太多，不但伤津气，也损脾阴。锻炼的项目以散步、登山、慢跑、太极拳、健美操、慢舞等为好。在运动时应当避开暑热环境、气温较高时，应该选择清晨六点左右和傍晚五六点运动为宜，也尽量避免雨后等湿气较为明显的时间段。切忌运动后暴饮冰水，应少量多次地喝温水、淡盐水或普通的热茶解渴。切忌锻炼后立即洗冷水澡，应用干毛巾擦干，待体温恢复正常后，用温水洗澡。慢性脾胃病患者可做广播体操、跑步等运动。特别推荐八段锦、五禽戏和太极系列运动，对调理脾胃、扶正祛邪更有帮助。

（四）情志

脾主思虑，过度思虑会影响脾的功能，而长夏湿气较重，也会造成湿邪困脾，从而影响人的情志。生气动怒容易导致肝气不舒，肝气不舒也会横逆犯脾。要想养好脾胃，就需要控制自己的情绪，减少发脾气，自然会肝气顺畅，脾土安康。保持神清气和，快乐欢畅，心胸宽阔，精神饱满。对外界事物要有浓厚的兴趣，培养乐观外向的性格，以利于气机的通泄。修身养性，培养精神境界，不要过于躁动。阳盛之人这时更好动、易发怒，故平日要加强道德修养和意志锻炼，培养良好的性格，用意识控制自己，遇到可怒之事，用理性克服情感上的冲动。

第四节 秋季饮食起居

秋三月，此谓容平，天气以急，地气以明，早卧早起，与鸡俱兴，使志安宁，以缓秋刑，收敛神气，使秋气平，无外其志，使肺气清，此秋气之应，养收之道也。逆之则伤肺，冬为飧泄，奉藏者少。

——《黄帝内经·素问·四气调神大论》

【秋收】

（一）饮食

秋日时节，燥气当令，雨水减少。如果燥气太过，影响人体，则会导致津液亏损，诸如口干、鼻干、咽干、皮肤干、干咳无痰、大便干结等问题，都是燥邪为患。因此，秋季饮食调养的重点，一为润燥，二为养肺。饮食上，根据燥邪性质的温凉之分，可食用相应的润燥之品加以调和，如龙眼甘温，补中益气、润燥生津；银耳甘平，润养肺胃；梨甘凉，能清肺、润肺、化痰；甘蔗甘凉，滋养胃阴、生津止渴；香蕉甘温，润肠通便；蜂蜜甘平，润燥补中；麻仁甘温，润燥通便等。此外还可用一些滋阴润燥的中药，如黄精、生地、玉竹、沙参等，配合大米煮粥，秋日食之甚佳。相反，一些辛燥的食物、香料，如花椒、辣椒、油炸食品、膨化食品等，都宜少食少用。

秋季肺主用事，为防金气太过克伐木气，饮食上宜少食辛味，多食酸味，以补益肝气，使金木制化合宜，如西红柿、枣仁、醋等，皆能入肝养肝。但若遇肺气不宣，鼻窍不通，则仍宜食用辛味发散之物，使肺气宣发，诸如花椒、生姜、大葱、白萝卜等食物，皆能宣畅肺气，通利鼻窍；若肺气虚损，胸闷短气，则宜用甘味补之，诸如百合、山药、党参、黄芪等，皆能补肺气之不足；若燥邪伤肺，口干咽干，干咳无痰，则宜甘润之品调和，如银耳、百合、甘蔗、荸荠、芦根、百部等，皆可用之；若肺贮痰饮，久咳不止，可用化痰之物祛之，如金橘、橘皮、白萝卜、薏苡仁等，可选而用之。

秋季是许多瓜果的上市季节，虽多数瓜果汁水较多，可润燥生津，但不宜食之过多、食之以冷。因瓜果易酿湿，多食、冷食则易伤脾胃，化生痰湿，故食之当适可而止。

（二）起居

日常起居应当注意收敛阳气，养护阴气。

秋季宜早入睡，使阳气收敛、阴气渐生；鸡鸣即起，使阳气舒张。通过合理的起居，使人体气机与自然一致，以调养神气、减缓肃杀之气。

不要过早、过多地增添衣物，宜行“秋冻”养生。秋季之初，白露之前，人体阳气仍充斥于外，因此当随秋凉的渐深，而逐渐增加衣物，适当受冻，使腠理渐合，阳气慢慢收敛于内，从而让人体平和稳定地渐渐适应寒冷。过多、过快增添衣物，不仅不利于阳气收藏，迨至冬天，还会降低人对寒冷的适应能力。骤添衣物的情况，尤多见于育儿之时，这样做反而加重了幼儿患感冒的可能性。但需要注意，体弱多病、阳气不足之人，秋凉来袭，仍应及早添衣，勿使受寒，免生大病。白露之后，草木凋谢，早晚皆凉，此时需添衣加被，以防受寒，不必再拘泥于“秋冻”。诸如秋季腹泻、感冒等疾病，多是天气转凉后，未及时添置衣物所致。当下，年轻人穿衣打扮喜欢露肩、露膝，甚则露脐，极易招致寒邪。年轻时或因阳气盛壮，可无知觉，老来阳气衰减，恐致寒邪入于关节而成痹，入于脏腑而成痛、成泻。老年人此时更应当防寒保暖，以免受凉感冒，甚至引发其他疾病。

夏季渐退，秋季来临，天气渐凉，燥气当令，不可不防。秋季感冒咳嗽、咳喘等疾病多发，甚至引起哮喘，多因燥邪侵犯，因此出门宜戴口罩，一则防灰防尘，二则减缓燥邪伤肺。此外，秋季干燥，易伤津液，致使皮肤皲裂等，因此，早起洗漱之后，宜外用润肤霜擦拭，使皮肤滋润，减缓燥邪所伤。

（三）运动

锻炼时宜逐渐收藏阳气，减缓幅度，与秋季肃杀之气相和。

秋季之时，运动当表现出内敛之势，如动作平和、内收，幅度减少、减缓。在方式的选择上，应选动作缓和、趋静的运动，比如太极拳、健身球、站桩、散步等，不必追求汗出，唯使气血流通、精神清爽即可。

秋季旅游也是不错的选择。在大部分地区，秋季是四季中最美的季节，故在此时徒步缓行、遍览胜景、登高远眺、飒然当风，不仅运动周身，还能陶冶情操，一举两得。秋季荣平，万物趋静，运动调养之余亦可顺应天地之气，以静养阴、以静宁神。诸如湖边垂钓、观棋对弈、抚琴作画、赏花品香等，皆使人怡然自得，身心放松。

秋日肃杀，切莫意气风发，盲目运动、长途跋涉，使人大汗出而伤及阳气、损耗肺气，阻碍阳气收敛，冬季阳气不藏，变为虚寒病。

（四）情志

人们一定要注意不断地收敛神气，由振奋转为宁静，由活跃变为平和。以适应秋季的特征，不使神志外驰，保持精神上的安宁。精神宁静，则气血流行渐缓，阳气因而渐收，阴气由此渐长。

秋季也是情志病多发季节。若人正值生活失意，路途不顺，则更易忧思难忘，轻则淡漠少言，郁郁寡欢，自闭独处，甚则妄想轻身。为此，情志调养上，需抒发胸襟，可与人畅谈，抒发胸中郁闷；或放声痛哭，令悲忧宣泄、气机宣畅，如此使悲思释怀，使神志安宁。秋季之时，正值重阳，不妨登高望远，赏观秋景，令人心宁。对于老年人，秋之肃杀易在其心中引起凄凉、垂暮之感，勾起忧郁的心绪。所以老年人更应调节秋日之心境，通过体育活动或登高远望等秋日活动，到大自然中领略秋日美景，以缓解萧瑟对人心情的负面影响。而子女亲朋也需对其多加劝说和陪伴，柔声细语，和其颜、悦其色；孙辈儿童，新生而朝气蓬勃，顽皮无忌，惹人喜爱，若让老人多与稚孙相处，则能喜而忘忧、乐而忘悲。

第五节 冬季饮食起居

冬三月，此谓闭藏，水冰地坼，无扰乎阳，早卧晚起，必待日光，使志若伏若匿，若有私意，若已有得，去寒就温，无泄皮肤，使气亟夺，此冬气之应，养藏之道也。逆之则伤肾，春为痿厥，奉生者少。

——《黄帝内经·素问·四气调神大论》

【冬藏】

（一）饮食

冬季天寒地冻，人体阳气内收，因此饮食上可以适当温补，一可驱寒，二可补益阳气之不足。食物选择上，宜用甘温、辛温之品。如羊肉甘温，能温中益气；牛肉甘温，能温肾壮阳；鸽肉甘、咸温，能温肾养血、填精益气；花椒辛温，能温中散寒；胡椒辛温，能温中下气、温化痰饮；小茴香辛温，能温中散寒；板栗咸温，能补中益气、温肾强腰等。

此外，冬季不可一味呆补。由于冬季之时，人体阳气藏于内，阴气充于外，容易郁闭而生痰火，此时不妨食用白萝卜。因白萝卜性味辛甘，能顺气消食、化痰止咳、生津润燥，食之能起到宽肠通便、理气化痰、清热生津的功效，利于脾胃运化。

五脏之中，肾与冬相通应，因此饮食上可适当补益肾气。《灵枢·五味》中言："谷味咸，先走肾。"又《素问·阴阳应象大论》

云："在藏为肾，在色为黑。"因此，味咸的食物能入肾，色黑的食物能补肾，诸如黑芝麻、黑豆、黑米等都能补益肾气，食用时可用盐等咸味之品加以调和，使之入肾。如易腰酸乏力者，可用黑豆煮粥，补益肾气；若头发变白，可用黑米、黑豆、核桃仁、制首乌等，煮粥食用，补益精血、乌须亮发等。但需注意，咸味之品不可久食多食，易伤津血，即《素问·五脏生成篇》所言："是故多食咸，则脉凝泣而变色。"因此，饮食上应根据情况不同，加以调整，适度为宜。

（二）起居

日常起居中应多收藏阳气、养护阴气，方与冬季阴盛阳衰的特点相合。

冬季宜早睡晚起，使睡眠充足，一则潜藏、养护阳气，二则避开严寒，待天明日出，方可起床。若睡眠过晚，则易耗损阳气，使阳气潜藏不足，春日升发不利，同时半夜寒冷，易受寒而患病。冬季夜长日短，气温极低。须注重保护阳气，避免过劳，不使阳气妄动而受损，乃顺应养"藏"之道。

冬季多发病大多数是因气温骤降，未能及时添衣防寒所致。如感冒、哮喘、慢性支气管炎等呼吸系统疾病，由于受寒而发，导致咳不止，甚则危及生命。因此，冬季保暖尤为必要。其中，老人、儿童为易感人群；躯体的腰、腿、胸背等处为保暖重点；外出需戴口罩。由于天气寒冷，寒湿痹症多发。尤其老年人，由于关节功能退化，多有关节炎、肩周炎、腰腿疼痛等病，每遇天冷下雨则易发作，酸楚重痛，活动不利。在预防上，宜多注意保暖，尚可用艾灸局部穴位，或熏烤痛处，减缓寒气侵袭，逐渐缓解疼痛。由于寒凝气燥，冬季皮肤病也较为多发，容易出现皮肤干裂、发痒等问题，因此身边需常备护肤用品，及时擦拭以缓解干燥。天气寒冷，容易导致四肢受寒，寒邪阻络，经脉不畅，气血凝滞，易发冻疮，故冬季时，四肢、手脚的保暖十分重要，外出需备厚的皮或棉手套、鞋袜，以防寒保暖。若已生冻疮，保暖之外，可用当归、干姜、红花等温散活血之品，煎汤外用，可缓解、治愈冻疮。冬季多发病中最危险的，莫过于心脑血管急症。故素有心血管疾病的人，自身及周围亲朋，需密切伴护和观察身体状况，一旦出现心悸、胸闷、胸痛等不适时，速就医。

（三）运动

锻炼时应收藏阳气，同时防寒防冻。

冬季之时，由于天气寒冷，可以用室内运动代替户外运动，达到强身健体的目的，同时在一定程度上，可避开严寒。如可在室内练拳、做操、打乒乓球等。但需要注意，锻炼场所要保持换气通畅；锻炼幅度和强度不可过大，取微汗即可；锻炼后及时保暖，以免受寒。

对于一些身体强壮的人，可进行室外锻炼，诸如跑步、滑冰、甚至冬泳等。但锻炼前需热身，使气血畅活，关节舒展后，再作锻炼。锻炼幅度应循序渐进，由小至大。锻炼后不可大汗淋漓，而锻炼时间、强度适宜为好，不可勉力求强，以免损耗阳气、损伤身体，甚至招致病患。必须注意的是，若天气极冷，则不宜锻炼。若强自冒风迎雪而锻炼，反不利健康。此外，冬季锻炼的目的是使气血流通，强固卫气，减少生病，而不是发越阳气。若盲目、过度锻炼，反而易损耗阳气，使之潜藏不足，影响春之升发。

（四）情志

人体的阴阳消长处于相对缓慢的水平，成形胜于化气，因此，冬季养神应着眼于“藏”。冬季人们要把神藏于内，保持安定、伏匿与满足的情绪。

藏神即包含少欲之意。对于物质、精神上的过度追求，都是欲望。因欲望过度易催动相火，使相火妄动，不仅不利于顺应冬之收藏，还易暗耗真阴，久而久之，常有乏力、口干、烦躁易怒之感。

冬季精神调养除做到“神藏”外，还要防止季节性情感失调症，即人们熟知的冬季忧郁症。冬季之时，人体阳气微弱而静守，静守则易滞、易郁，加之岁暮天寒，万物凋零，易使人情绪低落，若调畅不当，则生抑郁。对于冬季抑郁，首先应通行阳气，避开阴冷潮湿的地方，远寒就温，多晒太阳，使阳气通达，则心中阴霾自去；其次调畅情志，心中若有不快，可哭可诉，以排遣、抒发抑郁之情，使气机通畅，抑郁自散。

第三章

随园菜的传承与创新

春草

清・袁枚

离离春草遍山中，

寂寂飞香过涧东。

尽有灵根堪济世，

无人来采自摇风。

春生·食单

《黄帝内经·素问·四气调神大论》

“春三月，此谓发陈，天地俱生，万物以荣。”

卤鸡

【膳食功效】温中益气，温肺补肾，散寒除湿。

【膳食典故】《随园食单》原文：“囫囵鸡一只，肚内塞葱三十条，茴香二钱，用酒一斤、秋油一小杯半，先滚一枝香，加水一斤，脂油二两，一齐同煨。待鸡熟取出脂油。水要用熟水，收浓卤一饭碗才取起，或拆碎，或薄刀片之，仍以原卤拌食。”

《随园食单》中涉及鸡肉的佳肴不胜枚举，仅以鸡肉为主材详细记载的共有三十一道，收录在“羽族单”一节中。鸡肉是高蛋白食材，容易被人体消化吸收，有强壮体魄的作用，非常适宜在养阳防风的春季食用。与做法较为简单的白切鸡相比，卤鸡算得上是一道颇费心神的功夫菜，整鸡煨熟，去油，收卤，要香而不腻，鲜嫩又不腥膻，卤汁的咸鲜中留有一丝鸡肉的清甜，任何一道工序都马虎不得。

【传承方式】☑名称传承　☑技法传承　☑食材传承

【烹饪方式】浸卤

【制作时间】20 分钟

【口味特点】鲜咸回甜、酱香浓郁

【主辅食材】主原料：鸡肉；辅原料：葱、姜、花椒、茴香。

【食材功用】

◎ 鸡肉：甘，温。温中益气，补精填髓。

◎ 葱 <大葱>：辛，温。通阳发表，解毒止痛。

◎ 姜 <生姜>：辛，微温。解表散寒，温中止呕，温肺止咳。

◎ 花椒：辛，温。温中止痛，除湿止泻，杀虫止痒。

◎ 茴香：辛、甘，温。温阳散寒，理气止痛。

醉虾

【膳食功效】滋阴补肾，活血通乳。

【膳食典故】《随园食单》原文："带壳，用酒炙黄，捞起，加清酱、米醋煨之，用碗闷之。临食，放盘中，其壳俱酥。"

醉虾的历史可追溯至唐代，广州司马刘恂所著《岭表录异》一书中便有记载："南人多买虾之细者，生切绰菜、兰香、蓼等，用浓酱醋先泼活虾，盖以生菜，然以热饮覆其上。就口跑出，亦有跳出醋碟者，谓之'虾生'。"足见其历史悠久，广受人们的喜爱。春天是吃河鲜的季节，特别是在清明前后，河虾的肉质最为肥美。一份好的醉虾，肉质干净不发黑，嚼起来不会绵软松散，爽脆可口。宋代有诗云"琥珀色浓红透肉，珊瑚钩嫩冷生津"，指的就是醉虾。虾不仅味道鲜美，还富含蛋白质，有着较高的补益作用和药用价值。

【传承方式】☑名称传承 ☑技法传承 ☑食材传承

【烹饪方式】熟醉

【制作时间】5 分钟

【口味特点】酒香味浓、鲜甜微酸

【主辅食材】主原料：大河虾；辅原料：自制卤汁（黄酒等）。

【食材功用】

◎ 大河虾 <淡水虾>：甘，微温。补肾壮阳，通乳托毒。

◎ 黄酒：甘、苦，温。补血养颜，强壮身体，舒筋活血。

茶油马兰惊雷笋

【膳食功效】清热生津，凉血解毒，利水消肿，清肠消积。

【膳食典故】《随园食单》原文：“马兰头菜摘取嫩者，醋合笋拌食。油腻后食之，可以醒脾。”

马兰头是一种常见的野菜，它的别称很多，有竹节草、马椰头、马兰青、鸡儿菜等，又因其花似菊，也被叫作马兰菊、紫菊、路边菊等。其叶如泽兰，青翠欲滴，茎叶均可食用。春天吃马兰头的食俗由来已久，明人赵楷所著《百草镜》记载“马兰气香，可作蔬”，清人王士雄的《随息居饮食谱》中更是称其为“蔬中佳品，诸病可餐”。在金陵城，马兰头作为餐桌上必不可少的“七头一脑”之一，更是深受人们喜爱。春雨过后，新鲜的春笋便悄悄冒了头，掐马兰头的嫩叶搭配新鲜春笋制成冷盘，少许醋激发出马兰头特有的清香，清爽解腻。大鱼大肉吃多了，不妨来一份这样的清淡小菜，每一口都是春意盎然。

【传承方式】□名称传承 ☑技法传承 ☑食材传承

【烹饪方式】拌

【制作时间】2 分钟

【口味特点】酸鲜回甜

【主辅食材】主原料：马兰头、春笋；辅原料：麻油、醋。

【食材功用】

◎ 马兰头 < 马兰 >：辛，凉。清热解毒，凉血，利尿，消肿。

◎ 春笋 < 竹笋 >：甘、苦，凉。凉血止痢，清热生津，清肠消积。

◎ 麻油：甘，凉。润肠通便，解毒生肌。

◎ 醋：酸、苦，温。散瘀消积，活血止血，安蛔止痛，解毒杀虫。

素烧鹅

【膳食功效】补脾养胃，生津益肺，补肾涩精，消痰止咳。

【膳食典故】《随园食单》原文："煮烂山药，切寸为段，腐皮包，入油煎之；加秋油、酒、糖、瓜姜，以色红为度。"

素烧鹅记载在"杂素菜单"一节中，相传起源于杭州一带寺庙中的斋菜，将馅料用豆腐皮包裹，以素油煎炸后切块，外酥里嫩，口感富有层次，风味独特，营养丰富。因其色泽黄亮形似烧鹅，故得名素烧鹅。这道深受人们喜爱的菜肴在浙江一带已流传百年，是宴席上常见的传统素食。素烧鹅的馅料各地有所不同，其中最经典的主原料当属山药，早在汉代《神农本草经》中就有关于它的记载："薯蓣，味甘温，主伤中，补虚羸，除寒热邪气，补中益气力，长肌肉，久服耳目聪明，轻身不饥，延年。"山药的主要成分是碳水化合物，含有较为丰富的蛋白质和氨基酸，同时具有一定的药用价值，在原卫生部发布的《关于进一步规范保健食品原料管理的通知》中，将其列为药食同源食材之一。

【传承方式】☑名称传承　☑技法传承　☑食材传承

【烹饪方式】煎、烧

【制作时间】5 分钟

【口味特点】鲜咸

【主辅食材】主原料：山药；辅原料：豆皮、自制卤汁。

【食材功用】

◎ 山药：甘，平。补脾养胃，生津益肺，补肾涩精。

◎ 豆皮 <豆腐皮>：甘、淡，平。清养肺胃，止咳消痰。

二兴糖酒吐蛈醉泥螺

【膳食功效】补益肝肾，温中散寒，生津润燥，行气健胃。

【膳食典故】《随园食单》原文：“吐蛈出兴化、泰兴，有生成极嫩者，用酒酿浸之，加糖，则自吐其油，名为‘泥螺’，以无泥为佳。”

此道佳肴出自“小菜单”一节，泥螺古称吐蛈，根据明代《闽中海错疏》记载：“春三月初生，极细如米，壳软味美。至四月初旬稍大。至五月内大，脂膏满腹。以梅雨中取者为梅螺。可久藏，酒浸一两宿，膏溢壳外，莹若水晶。秋月取者，肉硬，膏少。”春季的泥螺又称桃花泥螺，古人认为此时的泥螺会将泥沙吐出，肉质较为鲜嫩、洁净，最适合以酒酿腌制，不仅吃饭下酒可用，还可储存起来，出门携带也十分方便。

【传承方式】☑名称传承　☑技法传承　☑食材传承

【烹饪方式】生腌

【制作时间】2—5 天

【口味特点】酒香鲜甜

【主辅食材】主原料：泥螺；辅原料：蒜泥、芥末、自制卤汁。

【食材功用】

◎ 泥螺：咸，寒。补肝肾，益精髓，生津润燥，明目。

◎ 蒜泥 < 大蒜 >：辛，温。温中行滞，解毒杀虫。

◎ 芥末：辛，温。温中散寒，行气开胃。

芹香盐水黑豆

【膳食功效】健脾益肾，活血利水，平肝润肺，清热解毒。

【膳食典故】《本草纲目》说："豆有五色，各治五脏，惟黑豆属水性寒，为肾之谷。入肾功多，故能治水消胀下气，制风热而活血解毒。所谓同气相求也。"

中国种植黑豆的历史由来已久，现代药学研究显示，黑豆中蛋白质含量 40%，居豆类之首，是当之无愧的植物蛋白之王。黑豆还具有养阴补气作用，是强壮滋补食品，盐水黑豆口味清淡，久嚼更觉清香味美，作为春季零食非常适宜。但需注意的是黑豆虽好，仍然需要适量食用，需控制总量，不可贪食。

【传承方式】□名称传承 ☑技法传承 ☑食材传承

【烹饪方式】浸卤、凉拌

【制作时间】45 分钟

【口味特点】咸鲜回甜

【主辅食材】主原料：黑豆；辅原料：香芹。

【食材功用】

◎ 黑豆：甘，平。健脾益肾，活血利水，祛风解毒。

◎ 香芹 <旱芹>：甘，凉。清热平肝，祛风利湿，润肺止咳，止血解毒。

白汁班鱼

【膳食功效】滋补肝肾，祛湿止痛，和胃利肠，舒筋解毒。

【膳食典故】《随园食单》原文："班鱼最嫩，剥皮去秽，分肝、肉二种，以鸡汤煨之，下酒三分、水二分、秋油一分；起锅时，加姜汁一大碗，葱数茎，杀去腥气。"

食单中所记载的班鱼即为河鲀，也称河豚，与刀鱼、鲥鱼并称"长江三鲜"。春季食河鲀自古有之，苏轼名句"蒌蒿满地芦芽短，正是河豚欲上时"便生动地体现了河鲀春季最鲜的特点。春季的河鲀不仅肉质细腻肥美，鱼皮上的刺毛也较为柔软，可以连皮带肉一起吃，搭配精心熬制的高汤，非常鲜美。但河鲀体内的毒素，却让它的美味变成了"拼死吃河豚"的豪赌。经过多年的培育改良，如今市面上正规的河鲀为人工养殖的去毒品种，料理河豚的厨师也要持证上岗，为食客们的健康保驾护航。

【传承方式】□名称传承　☑技法传承　☑食材传承

【烹饪方式】烧

【制作时间】35 分钟

【口味特点】鲜香细嫩、汁白味浓

【主辅食材】主原料：河豚鱼；辅原料：秧草。

【食材功用】

◎ 班鱼＜河豚＞：甘，温。滋补肝肾，祛湿止痛。

◎ 秧草＜南苜蓿＞：苦、涩，平。清五脏，祛胃热，利大小肠，下膀胱结石，舒筋络，解诸毒。

红煨牛肉

【膳食功效】补益气血，温肾强筋，温中散寒，健脾消食。

【膳食典故】《随园食单》原文：“买牛肉法：先下各铺定钱，凑取腿筋夹肉处，不清不肥；然后带回家中，剔去皮膜，用三分酒、二分水清煨极烂，再加秋油收汤。此太牢独味孤行者也，不可加别物配搭。”

袁枚在《随园食单》中记载了牛肉的做法：挑选肥瘦适当的牛腿肉，腿筋夹肉处最嫩，拿回家后剔去皮膜，加料酒和水清煨到软烂；再加适量酱油收汁即可。袁枚认为牛肉本身味道独特，适合单独烹制，与其他材料搭配反而会掺入杂味。五季随园采用了书中所记载的“红煨”之法，成品牛肉色泽红亮，入口软糯，鲜香汁浓，细嫩可口，比酱油煨制滋味更加醇厚鲜香，又不失牛肉本味。

【传承方式】□名称传承 ☑技法传承 ☑食材传承

【烹饪方式】煨、焖

【制作时间】2 小时

【口味特点】咸鲜回甜

【主辅食材】主原料：牛肉；辅原料：丁香、红曲米。

【食材功用】

◎ 牛肉：甘，平。补益气血，强壮筋骨。

◎ 丁香：辛，温。温中降逆，散寒止痛，温肾助阳。

◎ 红曲米 < 红曲 >：甘，温。活血化瘀，健脾消食。

王太守八寶豆腐
用嫩片切粉碎，加香蕈屑、蘑菇屑、松子仁屑、瓜子仁屑、雞屑、火腿屑，同入濃雞汁中，炒滾起鍋。用腐腦亦可。用瓢不用箸。
一千兩。」太守之祖樓村先生爲尚書門生，故得之。
程立萬豆腐

王太守八宝豆腐

【膳食功效】清热解毒，健脾补肾，和中益气，滋阴养血。

【膳食典故】《随园食单》原文："用嫩片切粉碎，加香蕈屑、蘑菇屑、松子仁屑、瓜子仁屑、鸡屑、火腿屑，同入浓鸡汁中，炒滚起锅。用腐脑亦可。用瓢不用箸。"

八宝豆腐是一道从清宫中流传出的宫廷御菜，用料讲究营养，滋味鲜美醇厚。

【传承方式】☑名称传承　☑技法传承　☑食材传承

【烹饪方式】烩

【制作时间】2 分钟

【口味特点】鲜香嫩滑

【主辅食材】主原料：豆腐；辅原料：海参、鸡肉、火腿、干贝、春笋、香芹、鸡蛋、瓜子仁、冬菇、虾仁。

【食材功用】

◎ 豆腐：甘，凉。清热解毒，健脾利湿，和中益气。

◎ 海参：甘、咸，温。补肾益精，养血润燥。

◎ 鸡肉：甘，温。温中益气，补精填髓。

◎ 火腿：甘、咸，温。健脾开胃，滋肾益精，补气养血。

◎ 干贝：甘、咸，微温。滋阴补虚，调中开胃。

◎ 春笋＜竹笋＞：甘、苦，凉。凉血止痢，清热生津，清肠消积。

◎ 香芹＜旱芹＞：甘，凉。清热平肝，祛风利湿，润肺止咳。

◎ 鸡蛋：甘，平。滋阴润燥，养血息风。

◎ 瓜子仁＜向日葵子＞：甘、淡，平。补血润肠，止血疗痢。

◎ 香菇：甘，平。健脾开胃，补血止血，祛风透疹，化痰理气。

◎ 虾仁＜淡水虾＞：甘，微温。补肾壮阳，通乳托毒。

【王太守人物考】详见附录 P261 页。

八宝肉圆

【膳食功效】滋阴润燥，益气养血，补虚益肾，健脾调中。

【膳食典故】《随园食单》原文："猪肉精肥各半，斩成细酱，用松仁、香蕈、笋尖、荸荠、瓜姜之类，斩成细酱，加纤粉和捏成团，放入盘中，加甜酒、秋油蒸之。入口松脆。家致华云：'肉圆宜切不宜斩。'必别有所见。"

肉圆子做法多样，此道佳肴中猪肉出鲜、火腿佐味、菌菇增香，入口肥而不腻，是江南一带重要宴席上的压轴菜。

【传承方式】☑名称传承 ☑技法传承 ☑食材传承

【烹饪方式】炖

【制作时间】2 小时

【口味特点】肉香浓郁、口感丰富

【主辅食材】主原料：猪肉；辅原料：胡萝卜、玉米、马蹄、香菇、春笋、干贝、火腿、松子、山药。

【食材功用】

◎ 猪肉：甘，平。滋阴润燥，益气养血。

◎ 胡萝卜：甘、辛，平。健脾化滞，滋肝明目，清热解毒。

◎ 玉米 < 玉蜀黍 >：甘，平。调中开胃，利尿消肿。

◎ 马蹄 < 荸荠 >：甘，寒。清热生津，化痰消积。

◎ 香菇：甘，平。扶正补虚，健脾开胃，补血止血，化痰理气。

◎ 春笋 < 竹笋 >：甘、苦，凉。凉血止痢，清热生津，清肠消积。

◎ 干贝：甘、咸，微温。滋阴补虚，调中开胃。

◎ 火腿：甘、咸，温。健脾开胃，滋肾益精，补气养血。

◎ 松子：甘，微温。润肺补虚，润肠通便，祛风通络。

◎ 山药：甘，平。补脾养胃，生津益肺，补肾涩精。

【家致华人物考】详见附录 P262 页。

酒酿蒸鲥鱼

【膳食功效】温中补虚，清热解毒，健脾益肾，活血养血。

【膳食典故】《随园食单》原文：“鲥鱼用蜜酒蒸食，如治刀鱼之法便佳。或竟用油煎，加清酱、酒酿亦佳。万不可切成碎块加鸡汤煮，或去其背，专取肚皮，则真味全失矣。”

作为“长江三鲜”之一，鲥鱼鱼身银白，肥嫩鲜美，爽口而不腻，连鱼鳞也能吃是其一大特点。清代《太平府志》中，还将鲥鱼列为“满汉全席”中的重要菜肴，授予“鳞品第一”的美名。鲥鱼不但滋味鲜美，其中富含的不饱和脂肪酸，还具有降低胆固醇的作用，对防止血管硬化、高血压和冠心病等有一定好处。如今野生鲥鱼已是保护动物，但养殖品种依然随处可见，随着人们环保意识的提升，“江鲜不必非野生不吃”的概念也被更多人所接受。

【传承方式】☑名称传承　☑技法传承　☑食材传承

【烹饪方式】蒸

【制作时间】45 分钟

【口味特点】鲜甜酒香

【主辅食材】主原料：鲥鱼；辅原料：火腿、春笋、酒酿、猪网油。

【食材功用】

◎ 鲥鱼：甘，平。温中补虚，清热解毒。

◎ 火腿：甘、咸，温。健脾开胃，滋肾益精，补气养血。

◎ 春笋 < 竹笋 >：甘、苦，凉。凉血止痢，清热生津，清肠消积。

◎ 酒酿 < 醴 >：甘、辛，温。活血消肿，内托疮毒。

◎ 猪网油 < 猪油 >：甘，凉。滋肾养肺，补虚润燥，泻热解毒，通利血脉。

荠菜人参笋

【膳食功效】凉血止血，清热解毒，生津利湿，清肝润肠。

【膳食典故】《随园食单》原文：“制细笋如人参形，微加蜜水，扬州人重之，故价颇贵。”

《随园食单》上三百多道菜，其中笋占了十道。人参笋虽然记述简单，但袁枚也说明了它在当时价格颇高的原因：扬州人看重喜食。春天万物复苏，春笋鲜嫩，而荠菜号称“野菜皇后”，其营养价值很高，食用方法多种多样，深受人们喜爱。春季吃荠菜更有“三月三，荠菜赛灵丹”一说。这道菜应时当令、营养丰富、口味清香鲜甜，令人食指大动。春笋含有丰富的植物蛋白以及钙、磷、铁等人体必需的营养成分和微量元素，不仅形似人参，营养上也是适宜春季食用的健康菜肴。

【传承方式】□名称传承　☑技法传承　☑食材传承

【烹饪方式】凉拌冷盘

【制作时间】15 分钟

【口味特点】鲜甜爽脆

【主辅食材】主原料：荠菜、人参笋；辅原料：麻油。

【食材功用】

◎ 荠菜：甘、淡，凉。凉血止血，清肝明目，清热利湿。

◎ 人参笋 <竹笋>：甘、苦，凉。凉血止痢，清热生津，清肠消积。

◎ 麻油：甘，凉。润肠通便，解毒生肌。

芜湖大庵和尚炒鸡腿蘑菇

【膳食功效】健脾消食，清神宁志，化湿行气，养阴益肝。

【膳食典故】《随园食单》原文："芜湖大庵和尚，洗净鸡腿，蘑菇去沙，加秋油、酒炒熟，盛盘宴客，甚佳。"

此菜虽然名为鸡腿蘑菇，但在《随园食单》中归类于杂素菜单，所谓的"鸡腿"，其实是一种形似鸡腿的野生菌菇。鸡腿菇因其形如鸡腿，肉质似鸡丝而得名，并无鸡肉味，是一种珍稀菌品，近年来被人们广泛种植，被誉为"菌中新秀"。国人种植食用菌菇的历史早在东汉《论衡》一书中就有所体现，春夏雨水丰沛，气温较高，菌菇生长旺盛，是吃菌菇的好时节。

【传承方式】☑名称传承　☑技法传承　☑食材传承

【烹饪方式】炒

【制作时间】3 分钟

【口味特点】鲜咸爽滑

【主辅食材】主原料：鸡腿菇；辅原料：罗列叶。

【食材功用】

◎ 鸡腿菇 <毛头鬼伞>：甘，平。健脾消食，清神宁志，养阴益肝，消痔止痛。

◎ 罗列叶 <罗勒>：辛，温。疏风行气，化湿消食，芳香开胃。

何星举干蒸鸭

【膳食功效】补气益阴，利水消肿，温中散寒，健脾润肺。

【膳食典故】《随园食单》原文："杭州商人何星举家干蒸鸭，将肥鸭一只洗净，斩八块，加甜酒、秋油，淹满鸭面，放磁罐中封好，置干锅中蒸之。用文炭火，不用水。临上时，其精肉皆烂如泥。以线香二枝为度。"

此法烹饪鸭子无须额外加水，全靠食材中的原汁，烹制过的鸭肉滋味更加浓郁，肉质软烂，入口即化。春季易燥，吃多了肥腻燥热之物很容易上火，鸭肉之类的消补之物更加温和，适合春季食用，既满足了口腹之欲，又是很适宜的滋补佳品。

【传承方式】☑名称传承　☑技法传承　☑食材传承

【烹饪方式】隔水蒸

【制作时间】45 分钟

【口味特点】酒香味浓

【主辅食材】主原料：鸭肉；辅原料：生姜、黄酒、干辣椒、冰糖。

【食材功用】

◎ 鸭肉 <家鸭>：甘、微咸，平。补气益阴，利水消肿。

◎ 生姜：辛，微温。解表散寒，温中止呕，温肺止咳。

◎ 黄酒：甘、苦，温。补血养颜，强壮身体，舒筋活血。

◎ 干辣椒 <辣椒>：辛，热。温中散寒，健胃消食，驱虫发汗。

◎ 冰糖：甘，平。养阴生津，健脾和胃，润肺止咳。

春韭炒螺蛳头

【膳食功效】温中开胃，清热凉血，利水消肿，行气活血。

【膳食典故】《随园食单》原文："韭，荤物也，专取韭白，加虾米炒之便佳。或用鲜虾亦可，鳖亦可，肉亦可。"

韭菜炒螺蛳是一道传统小炒，早春的韭菜最是滋味浓厚，脆嫩鲜美，素有"春菜第一美食"的美誉。苏轼在《送范德儒》中说"渐觉东风料峭寒，青蒿黄韭试春盘"，将芦蒿和春韭作为春季最佳的菜品来送别友人。杜甫在《赠卫八处士》中也有"夜雨剪春韭，新炊间黄粱"的记载。韭菜性温，《本草拾遗》载："在菜中，此物最温而益人，宜常食之。"同样在春季味道鲜美、细腻美嫩的螺蛳恰好性寒，两者相结合，起到了中和作用，是一道很适合春季享用的小炒佳肴。

【传承方式】□名称传承 □技法传承 ☑食材传承

【烹饪方式】炒

【制作时间】3 分钟

【口味特点】鲜咸脆甜

【主辅食材】主原料：韭菜、芦蒿、螺蛳；辅原料：干辣椒。

【食材功用】

◎ 韭菜：辛，温。温中开胃，行气活血，补肾壮阳。

◎ 芦蒿 < 白蒿 >：苦、微甘，凉。清热利湿，凉血止血。

◎ 螺蛳：甘，寒。利水消肿，清热明目。

◎ 干辣椒 < 辣椒 >：辛，热。温中散寒，健胃消食，驱虫发汗。

《随园食单》
记载
不负春光
青团正当时
青团由获得非遗制作技艺认证的五季随园自制。青团从颜色、外形到内里所用的馅料都十分讲究。润人艾草青汁的青团，没有过于鲜艳的颜色，通身都是很正的草本绿色，光看着，就仿佛能闻到很自然的艾草清香。糯米粉做的皮润润的，阳光下更是晶莹剔透，软糯中带着一点儿嚼劲，蛋黄肉松馅料足而不爆，不会盖过青团最重要的清雅味道。
出品日期
赏味期至
青团功效
养心安神
补中益气
健脾止泻
滋阴益肾
于是欢喜
此时情绪此时天。

青团

【膳食功效】养心安神，补中益气，健脾止泻，滋阴益肾。

【膳食典故】《随园食单》原文："捣青草为汁，和粉作糕团，色如碧玉。"

清明前后最受欢迎的小吃甜点当属青团，它外皮碧青油绿，糯韧绵软，馅料甘甜细腻，清香爽口。要做一份好吃的青团，皮、馅、团都非常讲究。使用小麦青汁的青团色泽透亮，吃起来富有层次感。糯米粉做的皮，润润的，阳光下更是晶莹剔透，软糯中带着一点儿嚼劲。微微的小麦香使它更加清爽，无论配合甜口的豆沙馅还是偏咸的蛋黄肉松馅都相得益彰，馅料足而不爆，香甜又不失清雅之味。

【传承方式】☑名称传承　☑技法传承　☑食材传承

【烹饪方式】蒸、主食点心

【制作时间】15 分钟

【口味特点】咸香软糯

【主辅食材】主原料：麦青汁、糯米粉；辅原料：咸蛋黄、肉松。

【食材功用】

◎ 麦青汁 <小麦>：甘，平。养心安神，除热止渴，健脾益肾。

◎ 糯米：甘，微温。补中益气，健脾止泻，缩尿敛汗，解毒。

◎ 咸蛋黄 <鸭蛋，咸>：甘、咸，凉。滋阴平肝，清肺止咳，止泻。

◎ 肉松 <猪肉>：甘，平。滋阴润燥，益气养血。

人参枸杞炖鸽蛋

【膳食功效】滋补肝肾，润肺养胃，养心安神，益气和血。

【膳食典故】《随园食单》原文："煨鸽蛋法与煨鸡肾同。或煎食亦可，加微醋亦可。"

鸽蛋在古时算得上一款较为名贵的小吃，一枚鸽蛋的价格甚至能顶一斤鸡蛋。在《随息居饮食谱》的记载中，鸽蛋"甘，平，清热，解毒，补肾益身"，向来是滋补佳品。中医认为，春季在五行中属木，对应人体内的脏器是肝脏，春气通肝，是肝旺之时。枸杞归经入肝、肾，春季吃枸杞对养肝有所裨益。五季随园采用低温慢煮的工艺制这一碗炖鸽蛋，配上银耳的爽滑与酒酿的清甜，交织成这道滋补的春季甜品。

【传承方式】☑名称传承　□技法传承　☑食材传承

【烹饪方式】炖 / 低温慢煮

【制作时间】20 分钟

【口味特点】清甜、爽滑

【主辅食材】主原料：人参、枸杞、鸽蛋；辅原料：银耳、酒酿。

【食材功用】

◎ 人参：甘、微苦，微温。大补元气，复脉固脱，补益脾肺，生津养血，安神益智。

◎ 枸杞 < 枸杞子 >：甘，平。滋补肝肾，明目润肺。

◎ 鸽蛋：甘、咸，平。补肾养心，解疮痘毒。

◎ 银耳：甘、淡，平。滋阴润肺，养胃生津，益气和血。

◎ 酒酿 < 醴 >：甘、辛，温。活血消肿，内托疮毒。

刀鱼馄饨

【膳食功效】健脾补气，养肝补血，清热利湿，止血下气。

【膳食典故】《随园食单》原文：“刀鱼用蜜酒酿、清酱，放盘中，如鲥鱼法蒸之最佳，不必加水。如嫌刺多，则将极快刀刮取鱼片，用钳抽去其刺。用火腿汤、鸡汤、笋汤煨之，鲜妙绝伦。”

阳春三月，江南一带桃红柳绿，正到了刀鱼旺汛之季。渔谚有云：“河豚来看灯，刀鱼来踏青。”形象地说明了这种鱼类洄游的季节习性。刀鱼体形狭长侧薄，颇似尖刀，苏轼“今日骆驼桥下泊，恣看修网出银刀”描写的就是捕捞刀鱼时的景象。在刀鱼如银刀般锋利的外表之下，是肉质细嫩、但多细毛状骨刺的特点，料理起来颇费一番功夫。五季随园制作的刀鱼馄饨选用肉细味腴的刀鱼，去骨做馅，咬一口，肉味鲜美，肥而不腻，兼有微香，感受不同于一般鲜肉馄饨的江海之味。

【传承方式】☐名称传承　☑技法传承　☐食材传承

【烹饪方式】煮

【制作时间】3 分钟

【口味特点】鲜咸

【主辅食材】主原料：刀鱼、肥膘、荠菜；辅原料：马蹄、胡椒粉、墨鱼汁馄饨皮。

【食材功用】

◎ 刀鱼 < 鲚鱼 >：甘、咸，温。健脾补气，养肝补血。

◎ 荠菜：甘、淡，凉。凉血止血，清肝明目，清热利湿。

◎ 马蹄 < 荸荠 >：甘，寒。清热生津，化痰消积。

◎ 胡椒粉 < 胡椒 >：辛，热。温中散寒，下气消痰。

◎ 墨鱼汁馄饨皮 < 墨鱼 >：咸，平。养血滋阴。

杭州风篁岭龙井茶

【食单原文】龙井茶

杭州山茶，处处皆清，不过以龙井为最耳。每还乡上冢，见管坟人家送一杯茶，水清茶绿，富贵人所不能吃者也。

【品类】绿茶类

【功效】清热平肝，利咽解毒，生津止渴

【产地】浙东北茶区。浙江省杭州市西湖区，主产区为梅家坞、龙井、翁家山等 13 个村。

【名茶历史】

龙井茶早在元代便有记载，元文学家虞集始作《次邓文原游龙井》饮茶诗："徘徊龙井上，云气起晴昼……澄公爱客至，取水挹幽窦……烹煎黄金芽，不取谷雨后。同来二三子，三咽不忍嗽……"明人冯梦祯所著《龙井寺复先朝赐田记》中也有这样一段故事："武林之龙井有二，旧龙井在风篁岭之西，泉石幽奇，迥绝人境，盖辩才老人退院所辟。山顶产茶特佳。相传盛时，曾居千众。东坡、少游先后访辩才于此。"可见当时龙井茶已享有盛名。

清代乾隆皇帝下江南时，曾先后四次巡幸西湖龙井茶区，写下《观采茶作歌（前）》《观采茶作歌（后）》《坐龙井上烹茶偶成》《再游龙井作》等四首咏龙井茶诗，其重视程度可见一斑。传说乾隆帝第三次南巡到胡公庙老龙井时，忽听随从禀告太后身体欠佳，随手就把所采茶叶藏于袖中，匆匆赶返京城。到京后方知太后并无大病，倒是太后闻到乾隆袖袋中飘出的茶叶清香，便命宫女泡来品尝，啜饮少许顿感满口生津，神清气爽。事后乾隆便将胡公庙前 18 棵茶树封为御茶，从此品饮龙井茶也就成为身份和地位的象征。

【品质特征】

龙井属于全炒型名茶，素有“色绿、香郁、味醇、形美”四绝。其外形扁平光滑，尖削挺秀，形似碗钉，大小匀齐，芽毫隐藏，色泽呈翠绿或嫩黄，俗称“糙米色”；冲泡后汤色碧绿，明亮鲜活；香气鲜嫩高长，幽雅清高，隐有炒豆香或兰花豆香；入口滋味甘鲜醇和；叶底嫩绿，匀齐成朵。透过无色玻璃杯看去，芽芽直立，交错相映，栩栩如生。

西湖龙井茶由于产地茶园土质、小气候的差异和炒制手艺的高低，产品品质有优次之分。自清以来，茶叶商家将西湖龙井茶区分为狮（峰）、龙（井）、云（栖）、虎（跑）四个字号，其中以狮峰、龙井所产为珍品。狮、云、虎字号龙井茶皆产于西湖群山，故又称“本山龙井”，以与那些品质较次的西湖平地所产的“湖地龙井”和邻区所产的“四乡龙井”相区别。1949 年后，国家对龙井茶加强管理：将原来的四个字号龙井茶归并为“狮峰龙井”“梅坞龙井”“西湖龙井”三个品类。“狮峰龙井”相当于原来的“狮”字号和“龙”字号；“梅坞龙井”相当于原来的“云”字号，其余的均归入“西湖龙井”。

按采期先后及芽叶嫩老，曾分为八个等级，即莲心、雀舌、极品、明前、雨前、头春、二春、长大。今分为十一级，即特级与一至十级。

【制作工序】

炒制，手式有“抓、抖、搭、拓、捺、挺、扣、甩、磨、压”等十大手法。

初制工序 10 道：鲜叶摊放→炒青锅（杀青）→回潮→揉捻（高中级龙井不揉捻）→二青分筛与簸片末→辉锅→干茶分筛→挺长头→归堆→贮藏收灰。其中摊放是前提，青锅是基础，辉锅是关键。

苏州周慕庵家陈三白酒

【食单原文】苏州陈三白

乾隆三十年，余饮于苏州周慕庵家，酒味鲜美，上口粘唇，在杯满而不溢。饮至十四杯，而不知是何酒。问之，主人曰：“陈十余年之三白酒也。”因余爱之，次日再送一坛来，则全然不是矣。甚矣！世间尤物之难多得也。按郑康成《周官》注“盎齐”云：“盎者翁翁然，如今鄼白。”疑即此酒。

【品类】白酒

【功效】行气活血，疏经活络

【产地】江苏省苏州市

【名酒历史】

苏州酿酒技艺历史悠久，三白乃是宋代、明代酒名。王世贞《酒品前后二十绝》中载：“顾氏三白酒出吴中，大约用荡口法小变之。盖取米白、水白、曲白也，其味清而冽，视荡口稍有力，亦佳酒也。”另有惠泉三白酒等，梁绍壬《两般秋雨庵随笔》言：“而其中矫矫独出者，则有松江之三白，色微黄极清，香沁肌骨。”三白酒的含义，虞兆漋《天香楼偶得》解释道：“近来造酒家，以白面为曲，并舂白秫，和洁白之水为酒，久酿而成，极其珍重，谓之‘三白酒’。”三白酒与白醪酒全然不同，三白酒贮藏期较长，白醪酒却是连酒糟一起饮用的酒。三白酒早在明代已是名声非凡，对酒甚为挑剔刻薄的谢肇淛在《五杂俎》中写道：“江南之三白，不胫而走半九州矣，然吴兴造者，胜于金昌。”褚人获《坚瓠集》也说：“官厨排当，则仰建昌之麻姑，或远藉苏州之三白。”

【制作工艺】

“以白面为曲，并舂白秫，和洁白之水为酒，久酿而成。”

三白酒以本地自产的大米为主要原料，首先将大米用大蒸笼蒸煮成饭，盛在淘箩里用冷水淋凉。然后把酒药拌入饭中，并搅拌均匀，再倒入大酒缸，捋平，在中央挖一个小潭，放上竹篓，然后将酒缸加盖密封，并用稻草盖在大缸四周以保持适宜的温度。几天后，酒缸中间的小潭内的竹篓已积满酒酿，此时就将凉开水倒入缸中，淹没饭料，再把酒缸盖严。一周后就可开盖，取出放入蒸桶进行蒸馏，从蒸桶出来的蒸汽经冷却，流出来的就是三白酒了。

所见

清·袁枚

牧童骑黄牛，

歌声振林樾。

意欲捕鸣蝉，

忽然闭口立。

夏长·食单

《黄帝内经·素问·四气调神大论》

“夏三月，此谓蕃秀，天地气交，万物华实。”

六合猪头肉

【膳食功效】滋阴润燥，益气养血，温中行滞。

【膳食典故】《随园食单》原文：“洗净五斤重者，用甜酒三斤；七八斤者，用甜酒五斤。先将猪头下锅同酒煮，下葱三十根、八角三钱，煮二百余滚，下秋油一大杯、糖一两，候熟后，尝咸淡，再将秋油加减。添开水要漫过猪头一寸，上压重物；大火烧一炷香，退出大火，用文火细煨收干，以腻为度。烂后即开锅盖，迟则走油。一法：打木桶一个，中用铜帘隔开，将猪头洗净，加作料闷入桶中，用文火隔汤蒸之，猪头熟烂，而其腻垢悉从桶外流出，亦妙。”

《随园食单》中记载的“猪头二法”，其中一法就是“扒烧整猪头”，这种烹饪猪头的技法由来已久，时至今日，南京六合的猪头肉，甚至已经申请了国家非物质文化遗产。猪头肉虽常被与猪蹄、下水等一同视为不登大雅之堂的“下等菜”，在民间美食中却从未缺席，例如明代《金瓶梅》等世情小说中常见其记载。在夏季，猪头肉常被作为下酒菜，食之畅快淋漓。同时猪头肉性平味甘，含有优质蛋白质和人体必需的脂肪酸，还可提供血红素和促进铁吸收的半胱氨酸，对改善缺铁性贫血有一定效果。

【传承方式】□名称传承 ☑技法传承 ☑食材传承

【烹饪方式】煨

【制作时间】2 小时

【口味特点】咸香软糯

【主辅食材】主原料：猪头肉；辅原料：蒜、干荷叶。

【食材功用】

◎ 猪头肉＜猪肉＞：甘，平。滋阴润燥，益气养血。

◎ 蒜＜大蒜＞：辛，温。温中行滞，解毒杀虫。

◎ 干荷叶＜荷叶＞：苦、涩，平。清暑化湿，升发清阳。

糟鸡

【膳食功效】温中益气，补肾养血，补脾益肺，益气固表。

【膳食典故】《随园食单》原文："糟鸡法与糟肉同。""（糟肉）先微腌，再加米糟。"

糟货的历史悠久，是中华美食中的老字号，早在先秦时期，陕西一带就已经有吃糟货的食俗，于《楚辞》中便有记载。南宋以后吃糟之风更盛，糟鲍鱼、糟蟹、糟羊蹄等层出不穷。到元、明、清时，除市上供应糟制品外，家庭自制也逐渐增加。袁枚在《随园食单》中记录了糟肉、糟鸡、糟鲞等多种糟货的制作方式，就连四大名著之一的《红楼梦》里也提到了糟鹅掌、糟鹌鹑之类精致糟味，糟货在民间受欢迎的程度可见一斑。五季随园选用肉质细嫩的小母鸡，糅进了特有糟香，嫩而不柴，肥而不腻。炎炎夏日中，这样一道鲜咸合一、糟香扑鼻的冷盘，实属消暑开胃的冷菜佳品。

【传承方式】☑名称传承　☑技法传承　☑食材传承

【烹饪方式】浸卤

【制作时间】25分钟

【口味特点】鲜咸清香

【主辅食材】主原料：小母鸡；辅原料：党参、黄芪、糟卤。

【食材功用】

◎ 小母鸡<鸡肉>：甘，温。温中益气，补精填髓。

◎ 党参：甘，平。补脾益肺，养血生津。

◎ 黄芪：甘，微温。补气升阳，固表止汗，利水消肿，托疮生肌。

◎ 糟卤<黄酒，香糟>：甘、苦，温。补血养颜，强壮身体，舒筋活血。

芥末青菜

【膳食功效】清热除烦，温中散寒，行气开胃，通利肠道。

【膳食典故】《随园食单》原文："青菜择嫩者，笋炒之。夏日芥末拌，加微醋，可以醒胃。加火腿片，可以作汤。亦须现拔者才软。"

芥末是一种古老的调味品，其微苦辛辣带有独特芳香的味道令人难忘，中国古代宫廷使用的黄芥末就是其中的一种。《随园食单》中，袁枚在开篇"须知单"一节便提及"辅佐之物，夏宜用芥末，冬宜用胡椒"，可见在古人早已发现芥末鲜辣开胃、增强食欲的特点，并将其利用在了日常生活中。中国人对蔬菜的爱好在全世界都是数一数二的，青菜是富含维生素和矿物质最丰富的蔬菜之一，也是国人餐桌上的常客。而如今食用青菜，更成为一种健康时尚的生活方式，备受人们推崇。

【传承方式】☑名称传承　☑技法传承　☑食材传承

【烹饪方式】拌

【制作时间】3 分钟

【口味特点】鲜咸爽口

【主辅食材】主原料：青菜；辅原料：芥末。

【食材功用】

◎ 青菜：甘，平。清热除烦，通利肠胃。

◎ 芥末：辛，温。温中散寒，行气开胃。

凉拌腐皮

【膳食功效】清养肺胃，消痰止咳，润肠通便，温中散寒。

【膳食典故】《随园食单》原文：“将腐皮泡软，加秋油、醋、虾米拌之，宜于夏日。蒋侍郎家，入海参用，颇妙。加紫菜、虾肉作汤亦相宜。或用蘑菇、笋煨清汤亦佳，以烂为度。芜湖敬修和尚，将腐皮卷筒切段，油中微炙，入蘑菇煨烂极佳。不可加鸡汤。”

豆腐皮大致分为两种，一种是豆浆煮沸后将表面油膜挑起晾干，薄薄一层，称油豆皮，口感劲道；另一种则是压制而成，形似极薄的豆腐干，也称千张，豆香更足。在袁枚的记载中，凉拌腐皮是一道适宜夏日的辅菜，其嫩滑筋道、营养丰富、老少咸宜，在江浙一带很是流行。清代李调元有诗云“石膏化后浓如酪，水沫挑成皱成衣”，生动地描写了豆腐皮的制作工艺。

【传承方式】□名称传承 ☑技法传承 ☑食材传承

【烹饪方式】拌

【制作时间】3 分钟

【口味特点】鲜咸酸甜

【主辅食材】主原料：豆腐皮；辅原料：麻油、咖喱。

【食材功用】

◎ 豆腐皮：甘、淡，平。清养肺胃，止咳消痰。

◎ 麻油：甘，凉。润肠通便，解毒生肌。

◎ 咖喱 < 胡椒 >：辛，热。温中散寒，下气消痰。

【蒋侍郎人物考】详见附录 P276 页。

高文公腌蛋

【膳食功效】滋阴平肝，清肺止咳，涩肠止泻。

【膳食典故】《随园食单》原文："腌蛋以高邮为佳，颜色红而油多。高文端公最喜食之。席间，先夹取以敬客。放盘中，总宜切开带壳，黄白兼用；不可存黄去白，使味不全，油亦走散。"

袁枚在"小菜单"一节中记载的腌蛋，即是当今名满天下的高邮咸鸭蛋，而且烹制及食用方法与今日并无太大不同，足见高邮咸鸭蛋历史源远流长，自古便是席上佳品。

【传承方式】☑名称传承　☑技法传承　☑食材传承

【烹饪方式】腌

【制作时间】40天

【口味特点】咸香沙软

【主辅食材】主原料：高邮咸鸭蛋。

【食材功用】

◎ 高邮咸鸭蛋<咸，鸭蛋>：甘、咸，凉。滋阴平肝，清肺止咳，止泻。

【高文公人物考】详见附录P263页。

酱姜·酱瓜

【膳食功效】温中散寒，温肺生津，清热解毒，止呕除烦。

【膳食典故】酱姜及酱瓜是载于《随园食单》中小菜单上烹饪技法相同的两道小菜，酱姜为：“生姜取嫩者微腌，先用粗酱套之，再用细酱套之，凡三套而味成。古法：用蝉退一个入酱，则姜久而不老。”酱瓜则是：“将瓜腌后，风干入酱，如酱姜之法。不难其甜，而难其脆。杭州施鲁箴家制之最佳。据云：酱后晒干又酱，故皮薄而皱，上口脆。”

“酱”是一种古老的烹饪技法，腌制过的酱菜味道鲜美，口感爽脆，同时也是古人延长蔬菜保质期的一种方式。俗语有云“冬吃萝卜夏吃姜”，五季随园搭配时令鲜蔬黄瓜，酱成小菜，营养美味健康。

【传承方式】☑名称传承 ☑技法传承 ☑食材传承

【烹饪方式】腌

【制作时间】7 天

【口味特点】咸鲜脆嫩

【主辅食材】主原料：嫩姜、黄瓜；辅原料：秋油。

【食材功用】

◎ 嫩姜 <生姜>：辛，微温。解表散寒，温中止呕，温肺止咳。

◎ 黄瓜：甘，凉。清热解毒，生津止渴。

◎ 秋油 <酱油>：咸，寒。清热解毒，除烦。

庄太守鳆鱼煨鸭

【膳食功效】滋阴养血，健脾柔肝，补肺益肾，化痰理气。

【膳食典故】《随园食单》原文：“庄太守用大块鳆鱼煨整鸭，亦别有风趣。但其性坚，终不能齿决，火煨三日，才拆得碎。”

袁枚好友庄念农任金陵知府，清时称知府为太守。选用大块鳆鱼来煨整鸭，是庄太守家烹制鸭肉的一大特色，别有风趣，火煨三日的描述如今看来虽有些夸张，倒也从一定程度上反映了这道菜肴的制作难度，待到二者皆烂熟，才算是大功告成。《随息居饮食谱》指出，鲍鱼具有“补肝肾，益精明目，开胃养营”之功，用于搭配鸭肉，别有一番风味。

【传承方式】☑名称传承 □技法传承 ☑食材传承

【烹饪方式】炖

【制作时间】60 分钟

【口味特点】鲜甜咸香

【主辅食材】主原料：鲍鱼、烤鸭；辅原料：火腿、赤肉、松茸、鲜虫草花。

【食材功用】

◎ 鲍鱼：甘、咸，平。养血柔肝，滋阴清热，益精明目，行痹通络。

◎ 烤鸭 <家鸭>：甘、微咸，温。补气益阴，利水消肿。

◎ 火腿：甘、咸，温。健脾开胃，滋肾益精，补气养血。

◎ 赤肉 <猪肉>：甘，平。滋阴润燥，益气养血。

◎ 松茸 <松口蘑>：甘，平。补益脾胃，理气止痛，化痰利湿。

◎ 鲜虫草花 <蛹草>：甘，平。补肺益肾，止血化痰。

【庄太守人物考】详见附录 P265 页。

隨園食

陶方伯葛仙米

【膳食功效】清热解毒，凉血明目，温中通肠，益气补肾。

【膳食典故】《随园食单》原文：“将米细检淘净，煮半烂，用鸡汤、火腿汤煨。临上时，要只见米，不见鸡肉、火腿搀和才佳。此物陶方伯家制之最精。”

葛仙米虽然叫“米”却并非谷物，而是一种形似米粒的藻类。传说东晋初年，著名医药学家葛洪在南方游历时，发现了一种藻类植物，形如珍珠，颜色偏黑，当地人经常以此充饥，不仅很少得病，还能够健康长寿。晋元帝司马睿的儿子，也就是当朝太子，体弱多病，葛洪便将这种藻类进献给了皇帝，太子食用之后，竟奇迹般地康复了。皇帝为表彰葛洪的功劳，遂将此物赐名为“葛仙米”。葛仙米中含有丰富的蛋白质、维生素及多种多糖类物质，能够提高人体免疫力，不仅可供食用，还有很高的药用价值。袁枚相当推崇好友陶方伯家关于葛仙米的烹制方法，便将其收录在了《随园食单》中。

【传承方式】☑名称传承　☑技法传承　☑食材传承

【烹饪方式】煨

【制作时间】60 分钟

【口味特点】鲜甜咸香

【主辅食材】主原料：葛仙米；辅原料：鸡汤。

【食材功用】

◎ 葛仙米 < 地耳 >：甘，寒。清热解毒，凉血明目，收敛益气，通利肠道。

◎ 鸡汤 < 鸡肉 >：甘，温。温中益气，补精填髓。

【陶方伯人物考】详见附录 P265 页。

茭白红煨肉

【膳食功效】滋阴润燥，清热解毒，益气养血，健脾润肺。

【膳食典故】《随园食单》原文："茭白炒肉、炒鸡俱可。切整段，酱、醋炙之尤佳。煨肉亦佳。须切片，以寸为度，初出太细者无味。"同时在红煨肉三法中指出红煨肉的重点："全以火候为主。谚云：'紧火粥，慢火肉。'至哉言乎！"

茭白古称"菰"，其果实称菰米、雕胡米，是古时重要的粮食作物。其嫩茎为真菌寄生后，膨大成类似竹笋的肉质茎，称为茭白，做蔬菜食用，以其丰富的营养价值而被人誉为"水中参"，其质地鲜嫩、味甘实被视为蔬菜中的佳品。红烧肉中油脂颇多，难免令人感到油腻，而茭白恰好需要油水融合才能突出其美味，和红烧肉一起烹制时，可以有效降低油腻感，使菜肴更加健康；而吸收了油脂和肉汁的茭白也变得更加鲜美入味，可谓一举两得，是一道非常适宜夏季补充蛋白质的美食。

【传承方式】☑名称传承　☑技法传承　☑食材传承

【烹饪方式】煨

【制作时间】2 小时

【口味特点】鲜甜味浓

【主辅食材】主原料：黑猪肉、茭白；辅原料：冰糖、黄酒。

【食材功用】

◎ 黑猪肉 <猪肉>：甘，平。滋阴润燥，益气养血。

◎ 茭白：甘，寒。清热解毒，生津止渴，通利二便。

◎ 冰糖：甘，平。养阴生津，健脾和胃，润肺止咳。

◎ 黄酒：甘、苦，温。补血养颜，强壮身体，舒筋活血。

黄芪蒸鸡治瘵

【膳食功效】温中益气，滋补肝肾，补益脾肺，养血安神。

【膳食典故】《随园食单》原文："取童鸡未曾生蛋者杀之，不见水，取出肚脏，塞黄芪一两，架箸放锅内蒸之；四面封口，熟时取出。卤浓而鲜，可疗弱症。"

童鸡即童子鸡，这里指未下蛋的小母鸡，蛋白质和磷酸的含量比普通的鸡肉更高，具有很高的营养价值。加上仔鸡的肉质更细嫩，弹性结缔组织极少，更容易被人体的消化器官所吸收，有增强体力、强壮身体的作用。黄芪是一种用于补虚的中药材，可煎服、泡酒、入馔，常用于食疗进补，民间有云"常喝黄芪汤，防病保健康"。袁枚书中所记载的黄芪蒸鸡治瘵便是一种结合黄芪和鸡肉的食疗之法。

【传承方式】☑名称传承 ☑技法传承 ☑食材传承

【烹饪方式】蒸

【制作时间】12 分钟

【口味特点】鲜甜咸香

【主辅食材】主原料：童子鸡；辅原料：人参、黄芪、枸杞、红枣。

【食材功用】

◎ 童子鸡 <鸡肉>：甘，温。温中益气，补精填髓。

◎ 人参：甘、微苦，微温。大补元气，复脉固脱，补益脾肺，生津养血，安神益智。

◎ 黄芪：甘，微温。补气升阳，固表止汗，利水消肿，托疮生肌。

◎ 枸杞 <枸杞子>：甘，平。滋补肝肾，明目润肺。

◎ 红枣 <大枣>：甘，温。补中益气，养血安神，缓和药性。

扬州程立万豆腐

【膳食功效】清热解毒，健脾和中，益气滋阴，利湿化痰。

【膳食典故】《随园食单》原文："乾隆廿三年，同金寿门在扬州程立万家食煎豆腐，精绝无双。其腐两面黄干，无丝毫卤汁，微有蛼螯鲜味，然盘中并无蛼螯及他杂物也。次日告查宣门，查曰：'我能之。我当特请。'已而，同杭堇莆同食于查家，则上箸大笑。乃纯是鸡雀脑为之，并非真豆腐，肥腻难耐矣。其费十倍于程，而味远不及也。惜其时余以妹丧急归，不及向程求方。程逾年亡。至今悔之，仍存其名，以俟再访。"

在《随园食单》一书中，袁枚详细记载了扬州程立万豆腐的由来，然而具体制法却未能流传，未免可惜。五季随园的厨师团队参考书中所述，进行了一些尝试，希望能再现这道颇具名士风采的佳肴。

【传承方式】☑名称传承 ☑技法传承 □食材传承

【烹饪方式】煎烧

【制作时间】5 分钟

【口味特点】鲜甜咸香

【主辅食材】主原料：豆腐；辅原料：文蛤。

【食材功用】

◎ 豆腐：甘，凉。清热解毒，健脾利湿，和中益气。

◎ 文蛤 <蛤蜊肉>：咸，寒。滋阴利水，化痰软坚。

【程立万人物考】详见附录 P266 页。

炒鳝

【膳食功效】补益气血，温中健脾，补肾健骨，理气祛湿。

【膳食典故】《随园食单》原文："拆鳝丝，炒之略焦，如炒肉鸡之法。不可用水。"

鳝鱼是淮扬菜中的经典原料，又称软兜长鱼，做法多样，在中国已经有 2000 多年的入馔历史。黄鳝不仅为席上佳肴，营养也相当丰富，其肉、血、头、皮均有一定的药用价值，可谓全身都是宝。据《本草纲目》记载，黄鳝有补血、补气、消炎、消毒、除风湿等功效，被视为滋补养生佳品。

【传承方式】□名称传承　☑技法传承　☑食材传承

【烹饪方式】兑汁炒

【制作时间】5 分钟

【口味特点】鲜甜味浓

【主辅食材】主原料：鳝鱼；辅原料：韭菜、洋葱。

【食材功用】

◎ 鳝鱼：甘，温。补益气血，强壮筋骨，祛湿止血。

◎ 韭菜：辛，温。温中开胃，行气活血，补肾壮阳。

◎ 洋葱：辛、甘，温。健脾理气，解毒杀虫。

西湖醋搂鱼

【膳食功效】益气补虚，化湿消积，温中散寒，清热生津。

【膳食典故】《随园食单》原文："用活青鱼，切大块，油灼之，加酱、醋、酒喷之。汤多为妙。俟熟即速起锅。此物杭州西湖上五柳居最有名，而今则酱臭而鱼败矣。甚矣！宋嫂鱼羹，徒存虚名，《梦粱录》不足信也。鱼不可大，大则味不入；不可小，小则刺多。"

醋搂鱼便是赫赫有名的"西湖醋鱼"的前身，如今多以草鱼制作，青鱼的肉质较之草鱼更鲜美肥腻，刺也较少，腌制、红烧两相宜。袁枚在书中对鱼的选择颇为挑剔，既要入味，又不可多刺，无形中对鱼的大小和品种做出了规范。烹调方法则简中见繁，去腥，调味，提鲜。醋是这道菜的灵魂所在，正是有了醋的加入，才使这道菜酸爽开胃，更显汤鲜味美。

【传承方式】□名称传承　☑技法传承　☑食材传承

【烹饪方式】浸炸、烩

【制作时间】12 分钟

【口味特点】酸甜鲜咸

【主辅食材】主原料：青鱼；辅原料：生姜、番茄汁、醋。

【食材功用】

◎ 青鱼：甘，平。化湿利水，益气补虚。

◎ 生姜：辛，微温。解表散寒，温中止呕，温肺止咳。

◎ 番茄汁 <番茄>：酸、甘，微寒。清热生津，健胃消食，凉血平肝。

◎ 醋：酸、苦，温。散瘀消积，活血止血，安蛔止痛，解毒杀虫。

金剛經
心

扬州定慧庵琥珀冬瓜

【膳食功效】清热解毒，利水消肿，温中散寒，养阴生津。

【膳食典故】《随园食单》原文："冬瓜之用最多，拌燕窝、鱼、肉、鳗、鳝、火腿皆可。扬州定慧庵所制尤佳，红如血珀，不用荤汤。"

《本草纲目》记载："其肉可煮为茹，可蜜为果；其子仁亦可食。盖兼蔬、果之用。"冬瓜的用处最多，因其自身味淡，和其他食材搭配时能够很好地融合而不显突兀，不仅可以用于炒菜、炖汤，还可做蜜饯小吃，用途十分广泛。冬瓜有消热、利水、消肿的功效，是适合夏季食用的瓜类之一。但因其性寒，根据个人体质不同，不可食之过量。

【传承方式】☑名称传承 ☑技法传承 ☑食材传承

【烹饪方式】煨

【制作时间】20 分钟

【口味特点】鲜咸香甜

【主辅食材】主原料：冬瓜；辅原料：梅子、干辣椒、冰糖。

【食材功用】

◎ 冬瓜：甘、淡，微寒。清热解毒，利水消肿，下气消痰。

◎ 梅子 <梅实>：酸，温。敛肺止咳，生津止渴，涩肠止泻，安蛔止痛。

◎ 干辣椒 <辣椒>：辛，热。温中散寒，健胃消食，驱虫发汗。

◎ 冰糖：甘，平。养阴生津，健脾和胃，润肺止咳。

陆园食单

鸡汤煨蕨菜

【膳食功效】清热利湿，温中益气，降气化痰，益精补肾。

【膳食典故】《随园食单》原文："用蕨菜不可爱惜，须尽去其枝叶，单取直根，洗净煨烂，再用鸡肉汤煨。必买关东者才肥。"

宋代罗愿《尔雅翼》载："蕨生如小儿拳，紫色而肥。"蕨菜是一种山野菜，属多年生草本植物，其嫩芽味道清香爽口，口感顺滑。蕨菜全株可入药，含有丰富的维生素和矿物质，具有清热解毒之功效。配上生血补气的鸡汤，慢火煨制成菜。蕨菜清香，鸡汤滋补，是一款保健养生的上佳菜肴。

【传承方式】☑名称传承 ☑技法传承 ☑食材传承

【烹饪方式】煨

【制作时间】15 分钟

【口味特点】鲜咸

【主辅食材】主原料：蕨菜；辅原料：鸡汤。

【食材功用】

◎ 蕨菜：甘，寒。清热利湿，降气化痰。

◎ 鸡汤 < 鸡肉 >：甘，温。温中益气，补精填髓。

翡翠虾仁烧麦

【膳食功效】补肾健脾，养心安神，补气养血，凉血清肝。

【膳食典故】《朴通事》为十四世纪中期高丽（今朝鲜）的一本汉语教科书，书中载有“素酸馅稍麦”。书中另处注文有云：“以麦面做成薄片，包肉蒸熟，与汤食之，方言谓之稍麦，麦亦作卖。又云：皮薄内实切碎肉，当顶撮细似线稍系，故曰稍麦。又云：以面作皮，以肉为馅，当顶作为花蕊，方言谓之稍麦。”

翡翠虾仁烧卖是一道中国传统点心，烹饪方法则以蒸为主。五季随园使用荠菜汁和面，望之青翠欲滴，颇具盛夏之感。以虾仁作为馅料，不仅是为了虾肉鲜美，肉质松软，更因为它营养丰富，且易于消化。虾肉中蛋白质丰富，还富含矿物质和微量元素，能很好地保护心血管系统，对身体虚弱以及病后需要调养的人是极好的食物。

【传承方式】☐名称传承　☐技法传承　☑食材传承

【烹饪方式】蒸、主食

【制作时间】5 分钟

【口味特点】鲜咸嫩滑

【主辅食材】主原料：虾仁、面皮；辅原料：荠菜、木耳。

【食材功用】

◎ 虾仁 <淡水虾>：甘，微温。补肾壮阳，通乳托毒。

◎ 面皮 <小麦>：甘，平。养心安神，除热止渴，健脾益肾。

◎ 荠菜：甘、淡，凉。凉血止血，清肝明目，清热利湿。

◎ 木耳：甘，平。补气养血，润肺止咳，止血活血，降压抗癌。

素面

【膳食功效】养心安神，健脾益肾，益气养血，清热生津。

【膳食典故】《随园食单》原文："先一日将蘑菇蓬熬汁，定清；次日将笋熬汁，加面滚上。此法扬州定慧庵僧人制之极精，不肯传人。然其大概亦可仿求。其汤纯黑色，或云暗用虾汁、蘑菇原汁，只宜澄去泥沙，不可换水，一换水则厚味薄矣。"

素面名称虽然简单，但其做法还是相当讲究的，道道工序让面的味道更加丰富，看似仅使用最简单的调味，味道却丝毫不单调，可谓低调奢华有内涵的典范。现今的五季随园在汲取旧时书中做法的同时，也进行了一些改良，加入新鲜的蔬菜熬汁而成五色面，在保留鲜味的基础上增加一丝清甜，色香味形俱佳。

【传承方式】☑名称传承 ☑技法传承 ☑食材传承

【烹饪方式】熬煮

【制作时间】5 分钟

【口味特点】鲜咸

【主辅食材】主原料：面粉；辅原料：红菜头、胡萝卜、南瓜、菠菜、墨鱼汁。

【食材功用】

◎ 面粉＜小麦＞：甘，平。养心安神，除热止渴，健脾益肾。

◎ 红菜头＜红萝卜＞：辛、甘，凉；熟者甘，平。清热生津，凉血止血，下气宽中，消食化痰。

◎ 胡萝卜：甘、辛，平。健脾化滞，滋肝明目，清热解毒。

◎ 南瓜：甘，温。补中益气，解毒杀虫。

◎ 菠菜：甘，平。养血止血，滋阴润燥。

◎ 墨鱼汁＜墨鱼＞：咸，平。养血滋阴。

假牛乳

【膳食功效】活血消肿，滋阴润燥，养血息风，内托疮毒。

【膳食典故】《随园食单》原文：“用鸡蛋清拌蜜酒酿，打掇入化，上锅蒸之。以嫩腻为主。火候迟便老，蛋清太多亦老。”

牛乳并非牛奶，是奶酪也。中国古代所说的奶酪是一种小吃——“宫廷奶酪”，虽是以牛奶作为原材料，与欧美地区的奶酪却并非同一种食物。宫廷奶酪本是北方少数民族所发明，又称乳酪或酥酪，其半凝固的状态介于今天的老酸奶和布丁之间，在清代是专供皇家享用的宫廷御食，即便是高官贵戚也难得一尝。于是它的“平替”产品假牛乳便应运而生，并很快在清代官府、富贵人家之中流行开来。假牛乳虽曰假，却与奶酪神形兼备，吃起来别有一番风味。如今宫廷奶酪已走入寻常人家，成为甜品店中的常客，假牛乳反倒成了稀罕之物。

【传承方式】☑名称传承　☑技法传承　☑食材传承

【烹饪方式】蒸

【制作时间】12 分钟

【口味特点】香甜

【主辅食材】主原料：酒酿、蛋清。

【食材功用】

◎ 酒酿 < 醴 >：甘、辛，温。活血消肿，内托疮毒。

◎ 蛋清：甘，凉。润肺利咽，清热解毒。

方毓川抚军洞庭君山茶

【食单原文】洞庭君山茶

洞庭君山出茶，色味与龙井相同，叶微宽而绿过之，采掇最少。方毓川抚军曾惠两瓶，果然佳绝。后有送者，俱非真君山物矣。

【品类】黄茶类

【功效】清热解毒，凉血止血

【产地】湖南省岳阳市洞庭湖君山岛。东与江南第一名楼岳阳楼隔湖对峙；西望洞庭，烟波浩渺；南极潇湘，北通巫峡。刘禹锡诗云君山“白银盘里一青螺”。相传君山共有庙宇48座，周围多为茶园，自古便有洞庭茶岛之称。

【名茶历史】

君山茶首创于唐代，唐代称之为“黄翎毛”。因其茶叶满披茸毛，底色金黄，冲泡后宛如黄色羽毛一样根根竖立而得名，如今又称君山银针。关于君山茶的传说众多，流传甚广的一则是宋时君山僧侣在白鹤寺等处种茶，取名白鹤茶，用岛上白鹤井的水冲泡，茶如白鹤在水中行走，起落不定，奇景万千，形美味佳。

好茶也要好水来沏，君山在这方面也是得天独厚，这里有一口柳毅井，传说柳毅入洞庭龙宫传书的故事就发生在这里。其水甘甜清澈，烹茶酿酒最佳，俗称“神井”“仙水”。明诗人谭元春曾驾舟往返15公里，往君山柳毅井汲水烹茶，还以《汲君山柳毅井水试茶于岳阳楼》为题咏诗三首，赞美柳毅井水甘美：“临湖不饮湖，爱汲柳家井。茶照上楼人，君山破湖影。”近人曾作楼联颂君山井水与茶：“柳井有泉好作饮；君山无处不宜茶。”

清代万年淳《君山茶歌》诗云：“试挹鹤泉烹雀舌，烹来长似君山色。”乾隆皇帝下江南时，在品尝君山茶后也对其大加赞许，并把君山茶定为贡茶。

【品质特征】

从古至今，君山茶以其色、香、味、奇并称四绝，品质可称色、香、味、形俱佳，世称“四美”。此茶芽头色泽金黄，茁壮挺直，大小长短均匀，白毫完整鲜亮，正所谓“茶身黄似金，茸毛白如玉”，被誉为“金镶玉”。用玻璃杯冲泡，汤色杏黄明净，开始芽头全部冲向水面，悬空挂立；等到芽身芽蒂汲水后，可见茶叶在杯中徐徐下降，当真如白鹤徐徐降落；后竖于杯底，似春笋出土，水光芽影构成杯中美景，使人赏心悦目。一起一落如是者三，即“三起三落”的景观。嗅其气味，香气清郁似嫩玉米香；品其滋味，甘甜醇和；观其形，叶底肥厚嫩亮，呈现匀齐的嫩黄绿色，茸毛清晰，间有小气泡点缀芽尖，美其名曰“雀舌含珠”。按芽头肥瘦、曲直、色泽亮暗进行分级，以壮实、挺直、亮黄者为上；瘦弱、弯曲、暗黄者次之。

君山茶的贮藏也十分讲究，先将石膏烧熟捣碎，铺在枫木箱底层，其上铺两层皮纸，将茶用皮纸包成小包，置在皮纸之上，最后封好箱盖。贮存时需要注意适时更换熟石膏，若保存得当，银针品质可经久不变。

【制作工序】

11道：摊青，杀青，摊凉，初烘，摊凉，初包发酵，复烘，摊凉，复包发酵，足火，拣选。

【方毓川抚军人物考】详见附录P267页。

常州刘文定公兰陵酒

【食单原文】常州兰陵酒

唐诗有"兰陵美酒郁金香，玉碗盛来琥珀光"之句。余过常州，相国刘文定公饮以八年陈酒，果有琥珀之光，然味太浓厚，不复有清远之意矣。宜兴有蜀山酒，亦复相似。至于无锡酒，用天下第二泉所作，本是佳品，而被市井人苟且为之，遂至浇淳散朴，殊可惜也。据云有佳者，恰未曾饮过。

【品类】黄酒：甜型

【功效】养血补肾，益寿延年

【产地】山东省、江苏省、浙江省

【名酒历史】

兰陵酒始于商代，春秋时称"东阳酒"，迄今已有 2600 多年的历史。唐李白《客中行》："兰陵美酒郁金香，玉碗盛来琥珀光，但使主人能醉客，不知何处是他乡。"据明代李时珍的《本草纲目》云："东阳酒，即金华酒，古兰陵也。李太白诗所谓'兰陵美酒郁金香'即此。"《金瓶梅词话》中也曾屡屡提到金华酒。目前兰陵酒始于何处尚未定论，有很大概率是山东、江苏或浙江的某个地方。

【品质特征】

酒液纯净透明，具有琥珀色泽，显耀晶莹；香气馥郁沁人，幽柔，口味醇厚甘雅，悦怡爽口，甜酸适中，酒体非常和谐，饮后即可感到大枣的药香味，亦有白酒的口感。1915 年曾荣获巴拿马万国赛会金质奖章。1954 年 4 月，周恩来总理出席日内瓦会议时，曾用此酒宴宾。1987 年在上海举行的"中国第一届黄酒节"上，兰陵美酒荣获一等奖，得到了业界广泛的认可。

【制作工艺】

用上等大曲加玉米、黍米、红枣、冰糖、郁金、龙眼肉、鲜玫瑰等原料酿制而成。兰陵地下泉水甘美，最适于酿酒。《本草纲目》中论及东阳酒有言：“清香远达，色复金黄，饮之至醉，不头痛，不口干，不作泻。其水秤之重于他水，邻邑所造俱不然，皆水土之美也。”兰陵美酒具有这得天独厚的自然条件，加之世代传袭，技艺日高，遂使其经久不衰。

<兰陵甜陈酒>黄酒。产于江苏省常州，常州古称兰陵，酒因地而名。属甜型酒。酒度为15度。以精白元米为原料，酒色褐黄，甜厚、稍苦、味鲜。1966年在三省（苏、浙、闽）一市（沪）的评酒会上，被评为优质酒。

<兰陵特曲>白酒。产于山东。浓香型。酒度62度。以高粱为原料，用大麦、小麦、豌豆特制的“中火曲”为糖化发酵剂，并以天然地下泉水为酿造用水。酒色清澈，老窖香突出，饮时醇厚，后香悠长，风味独特，被誉为“开瓶满楼香，顺风香十里”。自1972年以来，多次被评为山东省的地方优质酒。

<兰陵大曲酒>属清香型，酒度62度，以高粱为原料，用麦曲为糖化发酵剂，酒味清香、纯正，入口软绵、回味悠长，被评为山东省的优质酒。

【常州刘文定公人物考】详见附录P268页。

三伏

清·袁枚

空山三伏闭门居，

衫着轻容汗有余。

却喜炎风断来客，

日长添著几行书。

长夏·食单

《黄帝内经·素问·脏气法时论》

“脾主长夏，足太阴阳明主治，其日戊己。”

钱观察家芥末海参

【膳食功效】补肾益精，养血润燥，温中行气，清热解毒。

【膳食典故】《随园食单》原文：“常见钱观察家，夏日用芥末、鸡汁拌冷海参丝，甚佳。”

说起吃海参，最早可以追溯到战国时期，直到三国时期才有正式的文献。吴国莹的《临海水土异物志》中记载：“土肉，正黑，如小儿臂大，长五寸，中有腹，无口目，有三十足，炙食。”其中“土肉”是指海参，人们早先食用海参是烤着吃的。到了明代，海参成为宫廷的宠儿，《明宫史・饮食好尚》中记载：“先帝最喜用……又海参、鳆鱼、鲨鱼筋……共烩一处，名曰‘三事’，恒喜用焉。”但也只是记录了对海参的喜爱，在做法上并无详细的记载。直到清代，才涌现出多种烹饪海参的方法，有煎、炸、炒、蒸、拌、煮等。袁枚就曾一睹钱观察家的做法，将海参切丝用芥末、鸡汁浸拌，口感凉爽，参丝鲜咸回甘，是一道消暑开胃的佳肴。

【传承方式】☑名称传承　☑技法传承　☑食材传承

【烹饪方式】浸拌

【制作时间】5 分钟

【口味特点】鲜咸回甜、爽口弹牙

【主辅食材】主原料：海参；辅原料：芥末、绿豆凉粉、酱瓜。

【食材功用】

◎ 海参：甘、咸，温。补肾益精，养血润燥。

◎ 芥末：辛，温。温中散寒，行气开胃。

◎ 绿豆凉粉 < 绿豆 >：甘，凉。清热解毒，解暑利尿。

◎ 酱瓜 < 黄瓜，酱油 >：甘、咸，凉。清热解毒，生津止渴。

【钱观察人物考】详见附录 P268 页。

水西门许家鸭子

【膳食功效】补气益阴，利水消肿。

【膳食典故】《随园食单》原文："塞葱鸭腹，盖闷而烧。水西门许店最精。家中不能作。有黄、黑二色，黄者更妙。"

"竹外桃花三两枝，春江水暖鸭先知。"家鸭是我国饮食文化发展中重要的食材之一，南京作为"鸭都"，制鸭的历史由来已久且颇具盛名。古时，卖鸭子的商人大都是沿江河顺水而下赶赴南京，再由三汊河、秦淮河直达水西门进行交易，因而水西门至上新河沿途鸭行遍布，许家铺子就是其中的佼佼者。相传许家的做法是将葱段置于鸭腹内，加盖闷烧，制好的鸭子皮薄肉嫩，肥实而不腻口，味道咸香，甚是精妙。据《白门食谱》记载："金陵八月时期，盐水鸭最著名，人人以为肉内有桂花香也。"

【传承方式】☑名称传承 ☑技法传承 ☑食材传承

【烹饪方式】焖煮

【制作时间】30 分钟

【口味特点】咸香

【主辅食材】主原料：鸭肉；辅原料：卤汁。

【食材功用】

◎ 鸭肉＜家鸭＞：甘、微咸，平。补气益阴，利水消肿。

虾子秋油腐干丝

【膳食功效】清养肺胃，补肾温中，清热解毒，生津润肠。

【膳食典故】《随园食单》原文：“将好腐干切丝极细，以虾子、秋油拌之。”

清代惺庵居士所写的《望江南》一词中，“扬州好，茶社客堪邀。加料干丝堆细缕，熟铜烟袋卧长苗，烧酒水晶肴”描述了扬州人品尝干丝时的情景。作为扬州的早茶名点之一，扬州人早晨去茶楼吃上一碗烫干丝已成为习惯，干丝色泽淡雅，入口鲜香嫩滑。此菜精妙之处在于刀功，需先将豆干劈成 18 片再切丝，粗细不得超过火柴棍。切好的干丝堆在盘子里，最上方放一撮姜丝，用开水自上而下均匀烫开，使姜味渗入其中。滗去水分后，干丝留有一丝姜汁的味道，最后将泡发好的虾米等配料撒入盘中，淋上麻油与酱油调味即成。

【传承方式】☑名称传承 ☑技法传承 ☑食材传承

【烹饪方式】烫，捞汁

【制作时间】5 分钟

【口味特点】鲜香、嫩滑

【主辅食材】主原料：干丝；辅原料：河虾仁、酱姜、酱瓜、麻油。

【食材功用】

◎ 干丝＜豆腐皮＞：甘、淡，平。清养肺胃，止咳消痰。

◎ 河虾仁＜淡水虾＞：甘，微温。补肾壮阳，通乳托毒。

◎ 酱姜＜生姜，酱油＞：辛，微温。解表散寒，温中止呕，温肺止咳。

◎ 酱瓜＜黄瓜，酱油＞：甘、咸，凉。清热解毒，生津止渴。

◎ 麻油：甘，凉。润肠通便，解毒生肌。

葱油莴笋

【膳食功效】清热解毒，利尿通乳，通阳发表，解毒止痛。

【膳食典故】《随园食单》原文："食莴苣有二法：新酱者松脆可爱；或腌之为脯，切片食甚鲜。然必以淡为贵，咸则味恶矣。"

莴苣，又名"千金菜"。北宋《清异录》中记载："呙国使者来汉，隋人求得菜种，酬之甚厚，故因名千金菜，今莴苣也。"可见莴苣的栽种历史可追溯至隋朝，千金菜的名字也是由此而来。莴苣自唐代开始盛行，杜甫的《种莴苣》一诗中就记录了他栽种莴苣的经历："堂下可以畦，呼童对经始。苣兮蔬之常，随事艺其子。"那时的莴苣只以嫩叶部分为食，后经广泛种植，逐渐演化出茎用莴笋。宋代孟元老的《东京梦华录》中就有在州桥夜市上出售"莴苣笋"的记载。削去粗皮的莴笋，色如碧玉，香气清冽，用酱、盐渍或生食都很清脆。相传康熙南巡时，食用鲜莴笋后赞不绝口，致使莴笋一时身价百倍。

【传承方式】□名称传承 ☑技法传承 ☑食材传承

【烹饪方式】腌、拌

【制作时间】5 分钟

【口味特点】鲜香爽脆

【主辅食材】主原料：莴笋；辅原料：葱油。

【食材功用】

◎ 莴笋 < 莴苣 >：苦、甘，凉。清热解毒，利尿通乳。

◎ 葱油 < 大葱 >：辛，温。通阳发表，解毒止痛。

秋油新蚕豆

【膳食功效】健脾利水，解毒消肿，润肠通便。

【膳食典故】《随园食单》原文："新蚕豆之嫩者，以腌芥菜炒之，甚妙。随采随食方佳。"

俗话说"立夏之日尝三鲜"，这新蚕豆就是其中一鲜，不可错过。立夏以后正是蚕豆上市的时节，以当年新鲜采摘的为上品。新蚕豆十分鲜甜，朴实的做法更能彰显其本味，可与腌芥菜同炒，也可单独成菜，仅用油盐烹熟即可。蚕豆入口软酥，沙中带糯，柔腻适宜，是一道质朴又美味的小菜。

【传承方式】□名称传承 ☑技法传承 ☑食材传承

【烹饪方式】捞汁

【制作时间】10 分钟

【口味特点】酸甜、鲜嫩

【主辅食材】主原料：蚕豆；辅原料：麻油、白糖、醋。

【食材功用】

◎ 蚕豆：甘、微辛，平。健脾利水，解毒消肿。

◎ 麻油：甘，凉。润肠通便，解毒生肌。

◎ 白糖 <白砂糖>：甘，平。和中缓急，生津润燥，解毒疗疮。

◎ 醋：酸、苦，温。散瘀消积，活血止血，安蛔止痛，解毒杀虫。

南京承恩寺大头菜

【膳食功效】消食下气，解毒消肿，润肠通便。

【膳食典故】《随园食单》原文："大头菜出南京承恩寺，愈陈愈佳。入荤菜中，最能发鲜。"

大头菜又名芥菜疙瘩，据《华容县志》记载，芥菜种植源于魏晋时期，至今已有1500年的历史，又因其濯秀的气质，与佛教也结下了不解之缘。看似卑微的芥菜，却承载着民间赖以生存的咸菜文化。这道承恩寺大头菜取芥菜的根茎制作而成，腌制的时间越久越好，取出的大头菜整块呈深赭色，透着质朴，但片成薄片后又是另一番姿态，片片清透，莹润如玉。可以直接食用，也可与荤菜搭配起到增鲜的作用。

【传承方式】☑名称传承　□技法传承　☑食材传承

【烹饪方式】拌

【制作时间】5分钟

【口味特点】咸鲜

【主辅食材】主原料：大头菜；辅原料：麻油。

【食材功用】

◎ 大头菜<芜菁>：辛、甘、苦，温。消食下气，解毒消肿。

◎ 麻油：甘，凉。润肠通便，解毒生肌。

松菌燕菜

【膳食功效】补益脾胃，理气养阴，化痰利湿，润肺温中。

【膳食典故】《随园食单》原文：“松菌加口蘑炒最佳，或单用秋油泡食亦妙，惟不便久留耳。置各菜中，俱能助鲜。可入燕窝作底垫，以其嫩也。”

松菌是一种具有独特风味的珍贵野生菌类，因其生于松林下，菌蕾如鹿茸，故又名松茸、松蕈等，最早记载于宋代医药学家唐慎微所著的《经史证类备急本草》中。关于松菌的吃法，李渔在《闲情偶寄》中写道：“此物素食固佳，伴以少许荤食尤佳，盖蕈之清香有限，而汁之鲜味无穷。”即素吃固然不错，伴上少许荤食更好，松茸的清香有限，但汤汁的鲜味却无穷。这道松菌燕菜就是遵循此法，以燕窝做底，配上松茸熬制的汤底，淡黄色的汤底衬着雪白的燕窝，色泽清透，口感鲜美爽滑。

【传承方式】☑名称传承　□技法传承　☑食材传承

【烹饪方式】蒸

【制作时间】30 分钟

【口味特点】清香鲜咸

【主辅食材】主原料：松茸、燕窝；辅原料：鸡汤。

【食材功用】

◎ 松茸 <松口蘑>：甘，平。补益脾胃，理气止痛，化痰止咳，利湿别浊。

◎ 燕窝：甘，平。养阴润肺，益气补中。

◎ 鸡汤 <鸡肉>：甘，温。温中益气，补精填髓。

粉蒸肉

【膳食功效】滋阴润燥，益气养血，补中益胃，除烦止痢。

【膳食典故】《随园食单》原文："用精肥参半之肉，炒米粉黄色，拌面酱蒸之，下用白菜作垫，熟时不但肉美，菜亦美。以不见水，故味独全。江西人菜也。"

粉蒸肉又叫米粉肉，最早为周天子享用的八珍之一，被称为祭肉。自周代以来，广为流传于淮河秦岭地区，其中以江西、湖北最为盛行。《礼记·内则》中记载："取牛、羊、豕之肉，三如一，小切之，与稻米，稻米二，肉一，合以为饵煎之。"稻米与肉的结合描述的就是现在粉蒸肉的雏形。袁枚在食单中介绍粉蒸肉出自江西，在今江西南昌光山地区，"祭肉"这一古老的名字也被完整地保留下来。粉蒸肉还与节气风俗融合在了一起，民间有每年立夏吃粉蒸肉的传统，谓之"撑夏"。

【传承方式】☑名称传承　☑技法传承　☑食材传承

【烹饪方式】蒸

【制作时间】2 小时

【口味特点】鲜咸浓香

【主辅食材】主原料：黑猪肉；辅原料：米粉、南乳、板栗、南瓜、荷叶。

【食材功用】

◎ 黑猪肉 <猪肉>：甘，平。滋阴润燥，益气养血。

◎ 米粉 <粳米>：甘，平。补中益气，除烦渴，止泻痢。

◎ 南乳 <腐乳>：咸、甘，平。益胃和中。

◎ 板栗 <栗子>：甘，温。益气健脾，补肾强筋，活血止血。

◎ 南瓜：甘，温。补中益气，解毒杀虫。

◎ 荷叶：苦、涩，平。清暑化湿，升发清阳，凉血止血。

庆元豆腐

【膳食功效】清热解毒，健脾利湿，温中行滞，散寒除烦。

【膳食典故】《随园食单》原文：“酱豆豉一茶杯，水泡烂，入豆腐同炒起锅。”

袁枚好豆腐，赞曰“豆腐得味，远胜燕窝”。庆元豆腐以豆豉的咸香与豆腐相融，色泽透亮如琥珀，入口鲜嫩爽滑。豆腐一词最早出现在《清异录》中，自北宋时期开始流行，逐渐成为百姓生活中的常见食物。苏轼的《又一首答二犹子与王郎见和》中“煮豆作乳脂为酥，高烧油烛斟蜜酒”，说的就是他与友人吃豆腐品美酒的情境。陆游的“旋压犁祁软胜酥”，说的也是豆腐。文人笔下的豆腐还有许多雅号，如菽乳、软玉等，光听这些美艳动人的名字，就令人馋涎欲滴。

【传承方式】□名称传承　☑技法传承　☑食材传承

【烹饪方式】烩

【制作时间】5 分钟

【口味特点】鲜咸豉香

【主辅食材】主原料：豆腐；辅原料：豆豉、蒜泥、干辣椒。

【食材功用】

◎ 豆腐：甘，凉。清热解毒，健脾利湿，和中益气。

◎ 豆豉 < 淡豆豉 >：苦、辛，凉。解表除烦，宣发郁热。

◎ 蒜泥 < 大蒜 >：辛，温。温中行滞，解毒杀虫。

◎ 干辣椒 < 辣椒 >：辛，热。温中散寒，健胃消食，驱虫发汗。

鸡汁莼菜黄鱼脯

【膳食功效】益气健脾，补肾温中，清热解毒，利水消肿。

【膳食典故】《随园食单》原文："将黄鱼拆碎，入鸡汤作羹，微用甜酱水、纤粉收起之，亦佳。大抵黄鱼亦系浓厚之物，不可以清治之也。"

鸡汁莼菜黄鱼脯是一道江南美食，取整块的黄鱼腹肉与鸡汁同烩，辅以莼菜提鲜。莼菜入馔，具有滑而不腻、清香爽口的特点，与黄鱼相配味道更是鲜美。莼菜，古称"茆"，是江南地区的名菜，食用历史悠久，多部史籍中均有记载。《晋书·张翰传》中记录了大司马张翰因思念吴中家乡的莼羹、鲈鱼脍而辞官回乡的故事，"莼鲈之思"便是由此而来，借指怀念故乡的心情。明代文学家李流芳的《莼羹歌》中写道"琉璃碗盛碧玉光，五味纷错生馨香"，可见莼菜之美非属一般。莼菜属时令菜，立夏之前采摘的称为"春莼菜"，立夏至霜降期间采摘的称为"秋莼菜"，滋味各有不同。

【传承方式】□名称传承 □技法传承 ☑食材传承

【烹饪方式】烩 / 溜

【制作时间】5 分钟

【口味特点】鲜咸嫩滑

【主辅食材】主原料：黄鱼；辅原料：莼菜、鸡汤。

【食材功用】

◎ 黄鱼 <黄花鱼>：甘，平。益气健脾，补肾明目，止血止痢。

◎ 莼菜：甘，寒。清热利水，消肿解毒。

◎ 鸡汤 <鸡肉>：甘，温。温中益气，补精填髓。

生炒甲鱼

【膳食功效】滋阴补血，补虚敛肺，散结消痞，温中下气。

【膳食典故】《随园食单》原文：“将甲鱼去骨，用麻油炮炒之，加秋油一杯、鸡汁一杯。此真定魏太守家法也。”

说到甲鱼，最早可追溯至周朝，《周礼》中就记载了“鳖人”这一职业，是指专门捉甲鱼（鳖）的人。因其具有猪、牛、羊、鸡、鹿五种肉的味道，素有“五味肉”的美称，是宴请宾客的常用食材。甲鱼不仅味道鲜美，还是一道滋补佳品，《日用本草》中记载鳖可“补劳伤，壮阳气，大补阴之不足”，其营养价值可见一斑。这道生炒甲鱼就出自袁枚的好友真定魏太守家，有别于常见的甲鱼汤，这道菜以炝炒的形式烹制，使其肉质更为紧实，入口软糯弹牙，味香浓郁。

【传承方式】☑名称传承 ☑技法传承 ☑食材传承

【烹饪方式】炒

【制作时间】5 分钟

【口味特点】鲜咸浓香

【主辅食材】主原料：甲鱼；辅原料：银杏、黑胡椒。

【食材功用】

◎ 甲鱼＜鳖＞：甘，平。滋阴补血，补虚调中，散结消痞。

◎ 银杏：甘、苦、涩，平。敛肺定喘，止带缩尿，杀虫。

◎ 黑胡椒＜胡椒＞：辛，热。温中散寒，下气消痰。

炒虾

【膳食功效】补肾和中，通乳托毒，下气利水。

【膳食典故】《随园食单》原文：“炒虾照炒鱼法，可用韭配。或加冬腌芥菜，则不可用韭矣。有捶扁其尾单炒者，亦觉新异。”

炒虾可以参照炒鱼的做法，可搭配韭菜。如果搭配冬天腌制的芥菜来炒，就不可以再加韭菜了。袁枚曾见有人将虾尾拍扁后单独炒成菜，觉得很是新奇。这道搭配了冬腌菜及蜜豆烹制的炒虾，既有虾仁的白玉之形，又有芥菜的鲜咸爽脆，入口清脆弹牙，鲜咸回甘。虾是河鲜中的上品，它的出现可追溯至两千多年前。虾不仅味道鲜美，还富含蛋白质，有着较高的补益作用和药用价值。

【传承方式】☑名称传承　☑技法传承　☑食材传承

【烹饪方式】炒

【制作时间】2 分钟

【口味特点】鲜咸

【主辅食材】主原料：虾仁；辅原料：甜蜜豆（豌豆）。

【食材功用】

◎ 虾仁 < 淡水虾 >：甘，微温。补肾壮阳，通乳托毒。

◎ 甜蜜豆 < 豌豆 >：甘，平。和中下气，通乳利水，解毒。

朱分司家红煨鳗

【膳食功效】健脾补肺，益肾温中，祛湿行滞，养阴活血。

【膳食典故】《随园食单》原文：“鳗鱼用酒水煨烂，加甜酱代秋油，入锅收汤煨干，加茴香、大料起锅。有三病宜戒者：一皮有皱纹，皮便不酥；一肉散碗中，箸夹不起；一早下盐豉，入口不化。扬州朱分司家制之最精。大抵红煨者，以干为贵，使卤味收入鳗肉中。”

鳗鱼又称鳗鲡，清嘉庆《澄海县志》中，“鳗生泥淖中，似鳝无鳞，腹白而大，有雄无雌，以影漫鳢，生子子附鳢鬐而生，故谓之鳗鲡，俗谓之乌耳鳗，以耳黑者为佳，又曰白鳝”，描述了鳗鱼的具体形态。作为时令水产，鳗鱼一直紧俏且昂贵。苏州人有“白露鳗鲡霜降蟹”之说，认为白露时期的鳗鱼最是肥美。这道出自朱分司家所制的红煨鳗，色泽红亮，汤汁浓稠，质地软而不烂，味道鲜美宜人。

【传承方式】☑名称传承　☑技法传承　☑食材传承

【烹饪方式】红煨

【制作时间】30 分钟

【口味特点】酱香鲜甜

【主辅食材】主原料：鳗鱼；辅原料：蒜子、生姜、冰糖、黄酒。

【食材功用】

◎ 鳗鱼 < 鳗鲡鱼 >：甘，平。健脾补肺，益肾固冲，祛湿杀虫。

◎ 蒜子 < 大蒜 >：辛，温。温中行滞，解毒杀虫。

◎ 生姜：辛，微温。解表散寒，温中止呕，温肺止咳。

◎ 冰糖：甘，平。养阴生津，健脾和胃，润肺止咳。

◎ 黄酒：甘、苦，温。补血养颜，强壮身体，舒筋活血。

【朱分司人物考】详见附录 P270 页。

煨新菱

【膳食功效】健脾益胃，除烦止渴。

【膳食典故】《随园食单》原文："煨鲜菱，以鸡汤滚之。上时，将汤撤去一半，池中现起者才鲜，浮水面者才嫩。加新栗、白果煨烂尤佳，或用糖亦可，作点心亦可。""新出之栗烂煮之，有松子仁香。厨人不肯煨烂，故金陵人有终身不知其味者。新菱亦然。金陵人待其老方食故也。"

菱角古称"芰"，是水生植物菱的果实，也是江南"水八仙"之一，其栽培历史最早可追溯至新石器时代（约6300年前），到了南宋时期已成为江南地区的常见食材。唐代刘禹锡所作的《采菱行》"荡舟游女满中央，采菱不顾马上郎"，描写的就是江南女子顾不上心上人，泛舟争相采菱的画面。菱角的采收时间在长夏时节，民间有"七菱八落"一说，即菱角在农历七月成熟，八月落柄。食单中记载的煨鲜菱，以新采摘的菱角加板栗和白果入鸡汤煨煮，煨烂即可享用，入口鲜甜，口感粉糯。据《本草纲目》中记载，菱角"安中补五脏，不饥轻身"，菱实粉粥"益肠胃，解内热"，老年人常食有益。

【传承方式】☑名称传承　☑技法传承　☑食材传承

【烹饪方式】煨煮

【制作时间】1小时

【口味特点】鲜咸

【主辅食材】主原料：菱角；辅原料：鸡汤。

【食材功用】

◎ 菱角：甘，凉。健脾益胃，除烦止渴。

◎ 鸡汤<鸡肉>：甘，温。温中益气，补精填髓。

豇豆

【膳食功效】健脾利湿，补肾温中，滋阴益气，行滞消食。

【膳食典故】《随园食单》原文："缸豆炒肉，临上时去肉存豆。以极嫩者抽去其筋。"

豇豆俗称"豆角"，作为夏秋两季餐桌上的常见食材，历史悠久，是现存最古老的蔬菜之一。相传我国种植豇豆的历史已有3000多年，三国时的《广雅》中已有关于豇豆的记载。"豇"字读音同"江"，特指这种豆子，但民间惯称的"gāng"豆才是它正确的读法。食单中的这道豇豆，取与肉同烩之法，上菜时将肉挑出，仅保留浸着肉香的豇豆独自成菜，做法可谓奢靡。袁枚能将蔬菜中的"下水"之菜豇豆如此烹饪，可见他对豇豆的器重和偏爱。

【传承方式】□名称传承　☑技法传承　☑食材传承

【烹饪方式】烩、炒

【制作时间】20分钟

【口味特点】鲜咸

【主辅食材】主原料：豇豆；辅原料：干辣椒、蒜、海米、肉沫。

【食材功用】

◎ 豇豆：甘、咸，平。健脾利湿，补肾涩精。

◎ 干辣椒 <辣椒>：辛，热。温中散寒，健胃消食，驱虫发汗。

◎ 蒜 <大蒜>：辛，温。温中行滞，解毒杀虫。

◎ 海米 <海虾>：甘、咸，温。补肾壮阳，下乳。

◎ 肉沫 <猪肉>：甘，平。滋阴润燥，益气养血。

青糕

【膳食功效】温经止血，补中益气，散寒调经，健脾止泻。

【膳食典故】《随园食单》原文："捣青草为汁，和粉作糕团，色如碧玉。"

青糕、青团制法相似，袁枚在食单中将其归为一类。古时人们做青团主要用于祭祀，用艾草或浆麦草、杨桐叶等取汁，混合糯米捣制而成。宋朝《琐碎录》中记载"蜀人遇寒食日，采杨桐叶染饭，色青而有光"，说的就是清明节制作青团的故事。青团和青糕最大的不同在于是否包有内馅，有馅儿的称之为青团，而无馅儿的自然就是青糕了。青糕又称黄米果，是遂昌地方民间的传统糕点，《遂昌县志》中记载了青糕的土法制作工艺。取一种特殊灌木烧成灰，沥汁后浸润粳米至米色变黄，冲净蒸熟后，捣成团，然后趁热将其揉压塑形或切成长条。做好的黄米果黄中透绿，色泽晶莹。如今的青糕作为一道口感清甜的冷食，亦适合在长夏时节享用。

【传承方式】☑名称传承 ☑技法传承 ☑食材传承

【烹饪方式】蒸、主食点心

【制作时间】15 分钟

【口味特点】香甜软糯

【主辅食材】主原料：艾草汁、糯米粉；辅原料：豆沙。

【食材功用】

◎ 艾草汁 <艾叶>：苦、辛，温。温经止血，散寒调经。

◎ 糯米粉 <糯米>：甘，微温。补中益气，健脾止泻，缩尿敛汗。

◎ 豆沙 <赤小豆>：甘、酸，平。利水消肿，清热解毒，消痈排脓。

小馄饨

【膳食功效】滋阴养血，益气除热，养心安神，健脾益肾。

【膳食典故】《随园食单》原文："小馄饨小如龙眼，用鸡汤下之。"

小馄饨以其皮薄馅嫩、味美汤鲜的特点一直受到百姓喜爱，发展至今已分为南北两派，且名号繁多。食单中记载的这道小馄饨为南派所属，是江南扬州地区的风味小吃。扬州市井巷口常见冒着腾腾热气的馄饨摊，只见摊主左手一转，一张薄薄的馄饨皮稳稳落于掌心，右手竹片一挑，肉馅飞快地蘸于皮上，随即手心一合，轻轻一捏，小馄饨跃入锅中，整个过程行云流水。小馄饨讲究现吃现包，相比馄饨馅儿，人们更看重的是汤头。正如袁枚所说"用鸡汤下之"，一碗馄饨的精妙之处在于皮薄馅嫩，更在味美汤鲜。

【传承方式】☑名称传承　☑技法传承　☑食材传承

【烹饪方式】水煮

【制作时间】3分钟

【口味特点】鲜咸嫩滑

【主辅食材】主原料：鸡汤、猪肉、面皮；辅原料：时蔬。

【食材功用】

◎ 鸡汤<鸡肉>：甘，温。温中益气，补精填髓。

◎ 猪肉：甘，平。滋阴润燥，益气养血。

◎ 面皮<小麦>：甘，平。养心安神，除热止渴，健脾益肾。

桂花莲子鸡头米

【膳食功效】固肾补脾，养心安神，温肺疏肝，祛湿活血。

【膳食典故】鸡头米又名芡实，是睡莲科芡属一年生水生植物，因整个芡实包像是一个长着尖嘴的鸡头而得名。《随园食单》点心单中有关于“鸡豆糕”“鸡豆粥”的制法。

芡实包长满尖刺，剥壳后才能看到里面晶莹的果实。李时珍描述芡实为“累累如珠玑，壳内白米，状如鱼目”，颇为形象。鸡头米成熟于盛夏八九月份，郑板桥的“最是江南秋八月，鸡头米赛蚌珠圆”，宋代陶弼的“三伏池塘沸，鸡头美可烹”都是说的鸡头米。鸡头米是江南“水八仙”之一，素有“水中人参”和“水中桂圆”的美誉，是珍贵的天然补品。每逢夏末秋初之际，桂花莲子鸡头米便成了一道时令美味。淡黄色的甜汤清澈透亮，洁白圆润的鸡头米合着莲子潜于碗底，飘逸淡香的桂花浮于汤面，江南的婉约之态尽汇一碗。

【传承方式】□名称传承　☑技法传承　☑食材传承

【烹饪方式】蒸

【制作时间】20分钟

【口味特点】清甜

【主辅食材】主原料：鸡头米、莲子；辅原料：桂花、酒酿。

【食材功用】

◎ 鸡头米<芡实>：甘、涩，平。固肾涩精，补脾止泻，祛湿止带。

◎ 莲子：甘、涩，平。养心安神，固精益肾，补脾涩肠。

◎ 桂花：辛，温。温肺化饮，疏肝理气，散寒止痛。

◎ 酒酿<醴>：甘、辛，温。活血消肿，内托疮毒。

福建太姥山白茶

【品类】白茶类

【功效】清热降火，消暑解毒，清心除烦

【产地】福建省福鼎市太姥山，“中国白茶之乡”“中国名茶之乡”，地处东海之滨

【名茶历史】

相传，太姥山在古时候就是一座名山，尧帝时，有一老婆婆在此居住，以种兰为业。老人家为人乐善好施，深得人心，并曾将其所种的绿雪芽茶作为治疗麻疹的圣药，救活了很多小孩。当地的百姓感恩戴德，把她奉为神明，称她为太姥，这座山也因此名为太姥山。到了汉武帝时期，汉武帝派遣侍中东方朔到各地授封天下名山，太姥山便被封为天下三十六名山之首。现在，福鼎太姥山还留有相传是太姥娘娘手植的福鼎大白茶原始母树绿雪芽古茶树、太姥娘娘发现绿雪芽的山洞和浇灌绿雪芽的丹井。直到距今150多年前，陈焕把此茶移植到家中，繁育出了福鼎大白茶。从此，福鼎白茶名震四海。

福鼎白茶干茶满披白毫，色白如银，细长如针，因而得名。白茶耐久存，因此有老白茶这一概念。1984年“福鼎大白茶”和“福鼎大毫茶”同时被列为国家茶树良种。

【品质特征】

干茶外形似针，芽针肥壮，薄嫩轻巧，满披白毫，分支浓密，如银似雪，气味清纯，毫香幽显。冲泡杯中，亭亭玉立，生机盎然；其味鲜醇、微甘甜。叶底浅灰，叶脉微红，芽芽挺立，蔚为奇观。汤色橙黄明亮或浅杏黄色，滋味鲜美、醇爽、清甜。

【制作工序】

采用白毫丰富的“华茶1号”（福鼎大白）、“华茶2号”（福鼎大毫）的芽叶，采摘一般以一芽一或二叶为标准，根据气温采摘玉白色一芽一叶初展鲜叶，做到早采、嫩采、勤采、净采，芽

叶成朵，大小均匀，留柄要短，轻采轻放，竹篓盛装、竹筐贮运。采摘后只经过杀青，不揉捻，经自然萎凋、轻微发酵、文火干燥而成。这种制法不炒不揉，文火足干，既不破坏茶叶的活性，又不促进氧化作用，保留了丰富的活性酶和多酚类物质等。

绍兴名士耆英酒

【食单原文】绍兴酒

绍兴酒，如清官廉吏，不参一毫假，而其味方真；又如名士耆英长留人间，阅尽世故，而其质愈厚。故绍兴酒不过五年者不可饮，参水者亦不能过五年。余常称绍兴为名士，烧酒为光棍。

【品类】黄酒类，主要为干型（含糖量不高），也有甜酒如香雪酒，半甜型酒如善酿酒。

【功效】活血祛寒，通经活络

【产地】浙江省绍兴市

【名酒历史】

绍兴酒的生产，最早在距今2000多年的《吕氏春秋》上已有记载。清朝康熙年间，绍兴酒酿造的规模逐步扩大，到光绪年间（1900年左右），此酒生产最盛，年产量已达到6万余吨。

【品质特征】

南方称“老酒”，品种甚多，著名的有元红酒、加饭酒、善酿酒等，酒精含量不少于15%。由于绍兴酒影响大，各地又仿绍兴酒生产工艺生产，所以人们习惯将黄酒称为绍兴黄酒或绍兴老酒。绍兴酒的质量优良，从1910年以来，它曾6次荣获国际金奖，多次获得国家金质奖。

【制作工艺】

以糯米和小麦为原料，通过酒药及麦曲中不同种类的霉菌、酵母发酵而制成。绍兴酒的生产有一套严格的程序，以保证其优良的质量。酿造绍兴酒必须首先生产淋饭酒，它是酿造绍兴酒的酒母。此外，还要生产摊饭酒（因冷却米饭是采用竹席摊晾，故名摊饭酒。又名元红酒、状元红），它既是绍兴酒的主要代表，又是酿制其他品种绍兴酒的主要原料，绍兴酒的酒液是压榨出来的。在发酵完毕后，即将酒醪液灌入网袋，并依次整齐地迭合平铺于榨箱中加压，使酒液流出。最先挤出的酒液比较浑浊，以后随着流量减少而逐渐清亮。

<绍兴元红酒>又称状元红酒，因在其酒坛外表涂朱红而得名。酒度 15 度以上，为干型酒。以糯米为主要原料酿成。酒液呈琥珀色，透明，醇香，口味甘润鲜美且爽口，为绍兴酒的主要品种。

<绍兴加饭酒>加饭酒是加料的摊饭酒，由于在酿造时用料量较多（即投入的饭量多，如比元红酒增加 10%）故名加饭酒（根据增加的多少，又分“双加饭”和“特加饭”），为绍兴酒中的最佳品种。酒度 8 度以上，糖分 2% 以上，为干型酒。以糯米为主要原料酿成。酒色橙黄明亮，香气浓郁，口味醇厚，宜于久贮，并能加工成其他多样品种的酒。酿造方法与摊饭酒相仿，不同的是下缸品温低 1—2℃，保温要求不比摊饭酒严格。含有丰富的氨基酸，适当饮用可增进食欲，帮助消化，消除疲劳。

<绍兴香雪酒>为绍兴酒的高档品种。在酿制时，用陈糟烧（黄酒糟蒸馏而得的白酒）代水发酵。无白酒之辣，有黄酒之甜，呈琥珀色，芬芳幽香。

<绍兴善酿酒>酒度 14 度左右，糖分 8% 左右。属半甜型，是用陈年绍兴元红酒代替部分水酿制的加工酒。酒质醇厚，香气浓郁，饮时满口芳馥。

九月初二日雨

清·袁枚

淅淅声何急，萧萧意独长。

山中三日雨，世上几重凉。

云影过深竹，秋容满画堂。

孤花无赖甚，态似望残阳。

秋收·食单

《黄帝内经·素问·四气调神大论》

“秋三月，此谓容平，天气以急，地气以明。”

苏式熏鱼

【膳食功效】化湿利水，益气补虚，养阴生津，清热除烦。

【膳食典故】《随园食单》原文：“活青鱼去头尾，斩小方块，盐腌透，风干；入锅油煎，加作料收卤，再炒芝麻滚拌起锅。苏州法也。”

苏式熏鱼是江南地区的传统美食，也是一道风味独特的凉菜，烹制好的熏鱼，卤汁浓厚，鱼肉鲜甜。关于熏鱼的记载最早出现在明代的《宋氏养生部》中，清代的《调鼎集》明确记载了“熏青鱼”的做法：“切块，酱油浸半日，油炸，取起略冷。涂麻油，架铁筛上，燃柏枝熏。”可见制作熏鱼有两个鲜明的特点，一是酱油腌制，二是燃柏枝熏。现代版的熏鱼虽然省略了熏制的过程，但由于外表形、色相似，所以人们普遍沿袭了清代的叫法。制作苏式熏鱼主要选用草鱼或青鱼的鱼腹中段为原料，并以葱、姜、酱油、酒、盐、糖、五香粉、油等作为辅料加以烹制。

【传承方式】□名称传承 ☑技法传承 ☑食材传承

【烹饪方式】腌制、炸、挂汁

【制作时间】5 分钟

【口味特点】外酥里嫩、酱香鲜甜

【主辅食材】主原料：青鱼；辅原料：冰糖、黄酒、秋油。

【食材功用】

◎ 青鱼：甘，平。化湿利水，益气补虚。

◎ 冰糖：甘，平。养阴生津，健脾和胃，润肺止咳。

◎ 黄酒：甘、苦，温。补血养颜，强壮身体，舒筋活血。

◎ 秋油 < 酱油 >：咸，寒。清热解毒，除烦。

熏蛋

【膳食功效】滋阴润燥，养血息风。

【膳食典故】《随园食单》原文：“将鸡蛋加作料煨好，微微熏干，切片放盘中，可以佐膳。”

熏蛋以新鲜鸡蛋为原料，先将鸡蛋煮熟，去壳后放入配有茴香、花椒、盐等佐料的原汤卤汁中浸泡，后捞出晾干，再经柏木烟熏而成。做好的熏蛋味道香醇，色泽光亮，口感胜似板栗，越嚼越香。那股特殊的烟熏味，让人回味无穷。

【传承方式】☑名称传承 ☑技法传承 ☑食材传承

【烹饪方式】卤、熏

【制作时间】10 分钟

【口味特点】鲜咸

【主辅食材】主原料：鸡蛋。

【食材功用】

◎ 鸡蛋：甘，平。滋阴润燥，养血息风。

桂花糯米藕

【膳食功效】清热生津，凉血散瘀，温肺疏肝，益气健脾。

【膳食典故】《随园食单》原文：“藕须贯米加糖自煮，并汤极佳。外卖者多用灰水，味变，不可食也。余性爱食嫩藕，虽软熟，而以齿决，故味在也。如老藕，一煮成泥，便无味矣。”

立秋后的江南，天气转凉，空气中弥漫着桂花的淡香，一阵秋雨过后，便到了莲藕丰收的时节，届时百姓的餐桌上必会出现一道美味——桂花糯米藕。桂花糯米藕又名蜜汁糯米藕，是江南地区的传统美食。相传糯米藕起源于宋朝，南宋周密所著《武林旧事》中的“熟灌藕”便与现在的糯米藕制作方法一致，可谓是一道历史悠久的美食。做糯米藕要选七孔藕，这样的藕煮熟后口感绵软。将藕的两端切开，灌入生糯米，再将切下的部分盖回原处用牙签固定，以免入锅煨煮时糯米流出，煮好的糯米藕待凉后切片淋上桂花蜜便可享用。裹着桂花香气的糯米藕，入口软糯，丝丝桂花蜜的甜缠绕舌尖，令人回味。

【传承方式】□名称传承　☑技法传承　☑食材传承

【烹饪方式】煨煮

【制作时间】3 小时

【口味特点】香甜软糯

【主辅食材】主原料：藕；辅原料：桂花、冰糖、糯米。

【食材功用】

◎ 藕：甘，寒。清热生津，凉血散瘀，补脾止泻。

◎ 桂花：辛，温。温肺化饮，疏肝理气，散寒止痛。

◎ 冰糖：甘，平。养阴生津，健脾和胃，润肺止咳。

◎ 糯米：甘，微温。补中益气，健脾止泻，缩尿敛汗，解毒。

麻酱茄泥

【膳食功效】清热解毒，活血消肿，补益肝肾，养血温中。

【膳食典故】《随园食单》原文："吴小谷广文家，将整茄子削皮，滚水泡去苦汁，猪油炙之。炙时须待泡水干后，用甜酱水干煨，甚佳。卢八太爷家，切茄作小块，不去皮，入油灼微黄，加秋油炮炒，亦佳。是二法者，俱学之而未尽其妙。惟蒸烂划开，用麻油、米醋拌，则夏间亦颇可食。或煨干作脯，置盘中。"

食单中记载的茄二法实则是三法，只不过这第三种做法是袁枚自己独创的。文中说"是二法者，俱学之而未尽其妙"，意思是无论哪一种方法，他都试过了，但都没做好，索性按自己的想法做了一道麻酱拌茄子。茄子在西汉时期已是常见的蔬菜。隋炀帝喜爱茄子，钦命其为"昆仑紫瓜"。相传我国到了元代才有长茄，这是圆茄的一个变种，做这道麻酱茄泥用的就是长茄。将茄子切断蒸熟，待收干水分后置于盘中，淋上调和后的芝麻酱汁即成，是一道口感鲜咸的开胃佳肴。

【传承方式】□名称传承　☑技法传承　☑食材传承

【烹饪方式】蒸、拌

【制作时间】15 分钟

【口味特点】鲜咸香辣

【主辅食材】主原料：茄子；辅原料：蒜子、芝麻酱、生抽、辣椒。

【食材功用】

◎ 茄子：甘，凉。清热解毒，活血消肿。

◎ 蒜子 < 大蒜 >：辛，温。温中行滞，解毒杀虫。

◎ 芝麻酱 < 黑芝麻 >：甘，平。补益肝肾，养血益精，润肠通便。

◎ 生抽 < 酱油 >：咸，寒。清热解毒，除烦。

◎ 辣椒：辛，热。温中散寒，健胃消食，驱虫发汗。

海鰛花生

【膳食功效】益气健脾，养阴润肺，补肾明目，清热解毒。

【膳食典故】《随园食单》原文："海鰛，宁波小鱼也，味同虾米。以之蒸蛋甚佳。作小菜亦可。"

海鰛即海蜒，是鳀鱼的幼鱼，又称"丁香鱼"，因其味似丁香，状如渔家女耳垂上的"金丁香"（流行于明清时期的金属耳饰），故得此雅号。李邺嗣《鄮东竹枝词》赞曰："一瓶蟹甲纯黄酱，千箸鱼头细海咸（蜒）。"海蜒体细色白，长半寸许，身圆无鳞，个头越小越为上品，无论是鲜食还是炸烤，都能尽显其隽巧之美。相传宁波鱼市有"渔山海蜒不到货，不开秤"之说。这道海鰛花生源于食单并取其小菜之意，与普通的油炸花生米不同，此菜将海鰛与花生同炸，再挂上秘制酱汁，味道甚是鲜美。

【传承方式】□名称传承　□技法传承　☑食材传承

【烹饪方式】炸、挂汁

【制作时间】15 分钟

【口味特点】香辣鲜甜

【主辅食材】主原料：花生米、小鱼干；辅原料：红油豆瓣、海鲜酱、甜面酱、冰糖。

【食材功用】

◎ 花生米 < 花生 >：甘，平。健脾和胃，润肺化痰。

◎ 小鱼干 < 鳀鱼 >：甘，平。益气健脾，补气活血。

◎ 甜面酱：甘、咸，寒。清热解毒。

◎ 冰糖：甘，平。养阴生津，健脾和胃，润肺止咳。

香珠豆

【膳食功效】宽中导滞，健脾利水，解毒消肿。

【膳食典故】《随园食单》原文："毛豆至八九月间晚收者，最阔大而嫩，号'香珠豆'。煮熟，以秋油、酒泡之；出壳可，带壳亦可，香软可爱。寻常之豆不可食也。"

毛豆起源中国，古称"菽"，《诗经》中有"中原有菽，庶民采之""七月亨葵及菽"的诗句，距今有5000多年的栽培史。新鲜连荚的大豆，因其荚上带有细毛，故被称为毛豆。民间将八九月采摘且大而嫩者称为"香珠豆"。将"香珠豆"煮熟，带壳去壳都可，后用酱油和酒浸泡，待入味后便可食用。浸润着酱香和酒香的豆子，入口鲜甜香软，尝过这香珠豆的滋味，寻常的豆子便再难入口了。一直以来，人们对毛豆的喜爱从未停止，当代作家兼美食家的汪曾祺老先生在《食豆饮水斋闲笔》中写道"我们那里，夏天，家家都要吃几次炒毛豆"。毛豆不仅口感柔糯香甜，还富含植物蛋白、膳食纤维和生物活性物质，对于保护心脑血管和美容养颜都大有好处。

【传承方式】☑名称传承　□技法传承　☑食材传承

【烹饪方式】浸卤

【制作时间】1小时

【口味特点】鲜咸回甜

【主辅食材】主原料：毛豆；辅原料：香辛料、生抽、甜酒酿。

【食材功用】

◎ 毛豆<黄豆>：甘，平。宽中导滞，健脾利水，解毒消肿。

◎ 生抽<酱油>：咸，寒。清热解毒，除烦。

◎ 甜酒酿<醴>：甘、辛，温。活血消肿，内托疮毒。

随园芷香蟹

【**膳食功效**】活血散瘀，清热消肿，散寒利湿，养血补中。

【**膳食典故**】《随园食单》原文：“蟹宜独食，不宜搭配他物，最好以淡盐汤煮熟，自剥自食为妙。蒸者味虽全，而失之太淡。”

秋意为人们送去秋实，同时也带来了肥腴的时令美味。秋日除了登高赏月外，最不容错过的便是吃螃蟹。中国人食蟹的历史最早可追溯至周代，那时螃蟹被制成蟹酱，古称“蟹胥”，用于祭祀。北魏的《齐民要术》中记载了“藏蟹法”，一种用糖水、盐、蓼汁、姜末等腌制螃蟹的方法，待食用时，要将腌蟹取出，蘸生姜末、醋食用。唐代吃蟹的风气更盛，屡见咏蟹佳句。如李白的“摇扇对酒楼，持袂把蟹螯”，杜牧的“越浦黄柑嫩，吴溪紫蟹肥”，都表达了对螃蟹的赞美。明代宋诩的《宋氏养生部》中，收录了烹蟹、烧蟹、蒸蟹、酱蟹等十余种螃蟹的做法。今时今日，阳澄湖的大闸蟹最负盛名，有赞曰：“不是阳澄蟹味好，此生何必住苏州。”

【**传承方式**】□名称传承 ☑技法传承 ☑食材传承

【**烹饪方式**】煮

【**制作时间**】30 分钟

【**口味特点**】鲜咸

【**主辅食材**】主原料：大闸蟹；辅原料：白芷、红枣、黄酒。

【**食材功用**】

◎ 大闸蟹 < 螃蟹 >：咸，寒。活血散瘀，清热消肿，利湿退黄。

◎ 白芷：辛，温。解表散寒，祛风止痛，宣通鼻窍，燥湿止带，消肿排脓。

◎ 红枣 < 大枣 >：甘，温。补中益气，养血安神，缓和药性。

◎ 黄酒：甘、苦，温。补血养颜，强壮身体，舒筋活血。

栗子炒鸡

【膳食功效】温中健脾，益气活血，补肾强筋，行滞解毒。

【膳食典故】《随园食单》原文："鸡斩块，用菜油二两炮，加酒一饭碗、秋油一小杯、水一饭碗，煨七分熟。先将栗子煮熟，同笋下之，再煨三分起锅，下糖一撮。"

秋季是栗子丰收的季节，深谙栗之味的当数宋人。在此之前栗子多用于入药或祭祀，到了宋代街头出现了炒栗子铺，以砂子炒栗，加入砂糖提色，糖炒栗子由此而来。诗人陆游的"地炉燔栗美刍豢，石鼎烹茶当醪醴"，说的也是糖炒栗子。宋人也发明了别样新奇的吃法，《山家清供》中记载的"雷公栗"就是其中一种。在形状像茶壶的"铁铫"中间隔放一个蘸油和蘸水的栗子，再堆满四十余颗后放在炭火里加热，爆裂声响起就意味着栗子熟了。栗子具有很好的相容性，很容易与其他食材相配。食单中记载的这道栗子炒鸡便是如此，栗子的粉糯配上鸡肉的嫩滑，滋味甚美。

【传承方式】☑名称传承　☑技法传承　☑食材传承

【烹饪方式】炒、红烧

【制作时间】30 分钟

【口味特点】鲜咸浓香

【主辅食材】主原料：板栗、竹笋、小公鸡；辅原料：蒜子。

【食材功用】

◎ 板栗＜栗子＞：甘，温。益气健脾，补肾强筋，活血止血。

◎ 竹笋：甘、苦，凉。凉血止痢，清热生津，清肠消积。

◎ 小公鸡＜鸡肉＞：甘，温。温中益气，补精填髓。

◎ 蒜子＜大蒜＞：辛，温。温中行滞，解毒杀虫。

炒季鱼

【膳食功效】补气养血，益脾和胃，温中散寒。

【膳食典故】《随园食单》原文："季鱼少骨，炒片最佳。炒者以片薄为贵。用秋油细郁后，用纤粉、蛋清掏之，入油锅炒，加作料炒之。油用素油。"

《随园食单补证》云"季鱼，鳜鱼也"，现今多称为"鳜鱼"。鳜鱼（季鱼）少刺，肉质鲜美，洁白细嫩呈蒜瓣状，被视为淡水鱼中的上品。以鳜鱼入馔，无论用于烧、烩、炒、炸、焖、炖等，均鲜美非凡，滋味绝佳。明代李时珍将鳜鱼誉为"水豚"，意指其味鲜美如河豚。食单中记载的这道季鱼（鳜鱼），便是以炒制的方法来烹饪。将鱼肉片成薄片，用酱油蛋清等搂拌上浆，入油锅加作料翻炒即成。炒季鱼片用素油最佳，鱼片鲜咸，口感爽滑。

【传承方式】☑名称传承　☑技法传承　☑食材传承

【烹饪方式】炒

【制作时间】2 分钟

【口味特点】鲜咸

【主辅食材】主原料：桂鱼片；辅原料：葱、姜。

【食材功用】

◎ 桂鱼片 <鳜鱼>：甘，平。补气养血，益脾和胃。

◎ 葱 <大葱>：辛，温。通阳发表，解毒止痛。

◎ 姜 <生姜>：辛，微温。解表散寒，温中止呕，温肺止咳。

太兴孔亲家野鸭团

【膳食功效】补中益气，健脾和胃，利水解毒，清热生津。

【膳食典故】《随园食单》原文："细斩野鸭胸前肉，加猪油、微纤，调揉成团，入鸡汤滚之，或用本鸭汤亦佳。太兴孔亲家制之甚精。"

野鸭又称"凫"，在战国时期就有了鸭的烹制方法。清代的江南，食鸭之风逐渐盛行，相传自雍正时期开始皇上每日必食三只鸭，宫里还会举办豪华的鸭宴，菜品有八仙鸭、金银鸭、燕窝鸭丝等，贵气的名字尽显皇家风范。袁枚记载于食单中的鸭子，做法多半来自民间。野鸭团便是其中一道，袁枚称赞太兴孔亲家擅制野鸭团，其技法精湛，甚是美味。野鸭团即鸭肉丸，将野鸭胸前肉片下剁细，加猪油和芡粉，调匀并揉成团，入鸡汤中滚熟，肉团滑嫩，鲜咸可口。鸭肉不仅好吃，还具有食疗效果。据《本草纲目》记载，凫（野鸭）味甘，性凉，可"补中益气，平胃消食，除十二种虫"。

【传承方式】☑名称传承　☑技法传承　□食材传承

【烹饪方式】氽、清炖

【制作时间】30 分钟

【口味特点】鲜咸

【主辅食材】主原料：野鸭肉；辅原料：马蹄、香菇。

【食材功用】

◎ 野鸭肉 < 水鸭 >：甘，凉。补中益气，和胃消食，利水解毒。

◎ 马蹄 < 荸荠 >：甘，寒。清热生津，化痰消积。

◎ 香菇：甘，平。扶正补虚，健脾开胃，补血止血，祛风透疹，化痰理气。

【太兴孔亲家人物考】详见附录 P278 页。

杨中丞鳆鱼豆腐

【膳食功效】养血柔肝，健脾利湿，滋阴清热，益精和中。

【膳食典故】《随园食单》原文：“鳆鱼炒薄片甚佳。杨中丞家削片入鸡汤豆腐中，号称‘鳆鱼豆腐’，上加陈糟油浇之。”

鳆鱼即鲍鱼，是中国传统四大海味珍馐之一，“鲍、参、翅、肚”，其中鲍鱼位居榜首。关于食鲍鱼的记载最早见于《汉书·王莽传》。宋代大文豪苏东坡曾作《鳆鱼行》称赞鲍鱼的美味：“膳夫善治荐华堂，坐令雕俎生辉光。肉芝石耳不足数，醋芼鱼皮真倚墙。中都贵人珍此味，糟浥油藏能远致。”在古人食鲍的漫长历史中，他们发现鲍鱼还是鲜的好。南宋周密《癸辛杂识》有云：“余尝于张称深座间，有以活鳆鱼为献，其美盖百倍于槁干者。”从宋代开始，人们就偏爱鲜鲍。这道杨中丞家的鳆鱼豆腐便是选用鲜鲍鱼，将鲍鱼削片入鸡汤与豆腐同烩，起锅时淋上陈糟油。豆腐的软嫩与鲍鱼片的柔韧交融，鲜香之味不言而喻。

【传承方式】☑名称传承　☑技法传承　☑食材传承

【烹饪方式】烩

【制作时间】2 分钟

【口味特点】鲜咸清香

【主辅食材】主原料：鲍鱼、豆腐；辅原料：青菜、红葱。

【食材功用】

◎ 鲍鱼：甘、咸，平。养血柔肝，滋阴清热，益精明目。

◎ 豆腐：甘，凉。清热解毒，健脾利湿，和中益气。

◎ 青菜：甘，平。清热除烦，通利肠胃。

◎ 红葱 < 大蒜，小红蒜 >：辛，温。温中行滞，解毒杀虫。

【杨中丞人物考】详见附录 P271 页。

段鳝

【膳食功效】补益气血，强壮筋骨，祛湿止血，温中行滞。

【膳食典故】《随园食单》原文：“切鳝以寸为段，照煨鳗法煨之。或先用油炙使坚，再以冬瓜、鲜笋、香蕈作配，微用酱水，重用姜汁。”

黄鳝又称长鱼，在中国已有2000多年的入馔历史，且做法繁多。炒鳝丝就曾出现在杜甫送别朋友的宴席上：“内愧突不黔，庶羞以赒给。素丝挈长鱼，碧酒随玉粒。”北宋的张耒在《思淮亭记》中回忆家乡的美味，用了“长鱼美蟹”四个字形容，他将黄鳝列于螃蟹之前，可见其美味程度。食单中记录的这道段鳝，将鳝鱼切段后，先用油煸炒，使其肉质紧实，后配以姜汁、鲜笋、香蕈等，用酱水收汁即成。

【传承方式】☑名称传承　☑技法传承　☑食材传承

【烹饪方式】红煨

【制作时间】1小时

【口味特点】鲜香味浓

【主辅食材】主原料：黄鳝；辅原料：蒜子、五花肉、鲜笋、香菇、冬瓜。

【食材功用】

◎ 黄鳝<鳝鱼>：甘，温。补益气血，强壮筋骨，祛湿止血。

◎ 蒜子<大蒜>：辛，温。温中行滞，解毒杀虫。

◎ 五花肉<猪肉>：甘，平。滋阴润燥，益气养血。

◎ 鲜笋<竹笋>：甘、苦，凉。凉血止痢，清热生津，清肠消积。

◎ 香菇：甘，平。扶正补虚，健脾开胃，补血止血，化痰理气。

◎ 冬瓜：甘、淡，微寒。清热解毒，利水消肿，下气消痰。

清蒸边鱼

【膳食功效】健脾益胃，补虚养血，滋肾养肺，清热解毒。

【膳食典故】《随园食单》原文："边鱼活者，加酒、秋油蒸之，玉色为度。一作呆白色，则肉老而味变矣。并须盖好，不可受锅盖上之水气。临起，加香蕈、笋尖，或用酒煎亦佳。用酒不用水，号'假鲥鱼'。"

边鱼又称鳊鱼、鲂鱼，是淡水鱼类。我们熟知的武昌鱼就是鳊鱼的一种。《湖北通志》记载："鳊，即鲂鱼，各处通产。以武昌樊口、襄阳鹿门所出为最。"张爱玲曾在《红楼梦魇》中提到人生"三大恨事"：一恨鲥鱼多刺，二恨海棠无香，三恨红楼梦未完。鲥鱼虽然鲜嫩美味，却因多刺而无法尽兴品尝。而鳊鱼的鲜美不输鲥鱼，且刺少，故被称为"假鲥鱼"。《本草纲目》中记载鳊鱼可"助脾气，令人能食"，适合贫血或体虚的人食用。鳊鱼常见的做法有清蒸和红烧，以清蒸的做法最被人称道。

【传承方式】☐名称传承　☑技法传承　☑食材传承

【烹饪方式】隔水蒸

【制作时间】10 分钟

【口味特点】鲜咸细嫩、酒香浓郁

【主辅食材】主原料：鳊鱼；辅原料：葱、黄酒、秋油、猪油。

【食材功用】

◎ 鳊鱼 <鲂鱼>：甘，温。健脾益胃，消食和中，补虚养血。

◎ 葱 <大葱>：辛，温。通阳发表，解毒止痛。

◎ 黄酒：甘、苦，温。补血养颜，强壮身体，舒筋活血。

◎ 秋油 <酱油>：咸，寒。清热解毒，除烦。

◎ 猪油：甘，凉。滋肾养肺，补虚润燥，泻热解毒，通利血脉。

肉汁扁豆

【膳食功效】温中健脾，消暑行滞，滋阴润燥，益气养血。

【膳食典故】《随园食单》原文："取现采扁豆，用肉汤炒之，去肉存豆。单炒者，油重为佳。以肥软为贵，毛糙而瘦薄者，瘠土所生，不可食。"

肉汁扁豆同长夏食单中的豇豆一样，以素菜荤烧的形式呈现，肉汁同扁豆同煨，肉汁的鲜咸浸润扁豆，最大程度地激发出扁豆的鲜美，亦可重油单炒。文中还着重提到了扁豆的挑选之法，以肥软为佳，瘦瘪毛糙者不可食。用肉汁煨熟的扁豆，鲜咸多汁，入口绵软。

【传承方式】☑名称传承　☑技法传承　☑食材传承

【烹饪方式】煨

【制作时间】20 分钟

【口味特点】鲜咸

【主辅食材】主原料：扁豆；辅原料：蒜子、五花肉。

【食材功用】

◎ 扁豆：甘，平。健脾和中，消暑化湿。

◎ 蒜子 < 大蒜 >：辛，温。温中行滞，解毒杀虫。

◎ 五花肉 < 猪肉 >：甘，平。滋阴润燥，益气养血。

芋煨白菜

【膳食功效】养胃和中，健脾补虚，散结解毒，通利肠胃。

【膳食典故】《随园食单》原文："芋煨极烂，入白菜心烹之，加酱水调和，家常菜之最佳者。惟白菜须新摘肥嫩者，色青则老，摘久则枯。"

做此菜诀窍在于白菜的选择，只选叶片肥嫩的，颜色发青的不要选，而且最好现做现摘，早早摘下的白菜放久也会干枯，不可用。将芋头煮烂，再加白菜心同煨，后加酱水调味，看似平平无奇却是家常菜中的佼佼者。

【传承方式】☑名称传承　☑技法传承　☑食材传承

【烹饪方式】煨

【制作时间】30分钟

【口味特点】鲜咸

【主辅食材】主原料：小白菜；辅原料：芋头。

【食材功用】

◎ 小白菜<白菜>：甘，平。通利肠胃，养胃和中，利小便。

◎ 芋头<芋艿>：甘、辛，平。健脾补虚，散结解毒。

刘方伯月饼

【膳食功效】养心安神，健脾益肾，润肺补虚，平肝润肠。

【膳食典故】《随园食单》原文：“用山东飞面作酥为皮，中用松仁、核桃仁、瓜子仁为细末，微加冰糖和猪油作馅。食之，不觉甚甜，而香松柔腻，迥异寻常。”

“月饼”一词最早出现在南宋吴自牧所著的《梦粱录》中，与菊花饼、芙蓉饼一样，是“四时皆有，任便索唤，不误主顾”的糕点小食。到了明代，月饼逐渐成为在中秋节才会吃的食品，代表团圆美好之意。明代田汝成在《西湖游览志余》中写道“八月十五日谓之中秋，民间以月饼相遗，取团圆之意”，自此中秋节吃月饼的习俗流传至今。食单中记载的刘方伯月饼，以松子仁、核桃仁、瓜子仁混合猪油和冰糖做馅儿的酥皮月饼，类似现在的五仁月饼，口感松软柔腻，十分美味。

【传承方式】☑名称传承　☑技法传承　☑食材传承

【烹饪方式】烤

【制作时间】15 分钟

【口味特点】香甜松酥

【主辅食材】主原料：面粉；辅原料：松仁、核桃仁、瓜子仁等。

【食材功用】

◎ 面粉 <小麦>：甘，平。养心安神，除热止渴，健脾益肾。

◎ 松仁 <松子>：甘，微温。润肺补虚，润肠通便，祛风通络。

◎ 核桃仁：甘、涩，温。补肾益精，温肺定喘，润肠通便。

◎ 瓜子仁 <向日葵子>：甘，平。平降肝阳，杀虫。

【刘方伯人物考】详见附录 P272 页。

面老鼠（面疙瘩）

【膳食功效】养心安神，健脾益肾，滋阴养血，息风除热。

【膳食典故】《随园食单》原文："以热水和面，俟鸡汁滚时，以箸夹入，不分大小，加活菜心，别有风味。"

面疙瘩又称面老鼠，徐珂的《清稗类钞·饮食·面老鼠》中记载："曰老鼠，以其形似也。"可见其名由此而来。面疙瘩是我国北方的一种传统风味面食，不同地区的面疙瘩在形状和味道上各有不同，且吃法繁多，可做羹，可加调味汁干拌，亦可炒着吃。袁枚的做法是将疙瘩入鸡汤同煮，可搭配蔬菜增添风味。刚出锅的面疙瘩烫口，得小口吸溜着吃。疙瘩面筋道，汤底浓香，可谓是一道不可多得的美食。

【传承方式】□名称传承　☑技法传承　☑食材传承

【烹饪方式】煮

【制作时间】10 分钟

【口味特点】鲜咸

【主辅食材】主原料：面粉、鸡蛋；辅原料：小麦（面粉）、番茄汤。

【食材功用】

◎ 面粉 < 小麦 >：甘，平。养心安神，除热止渴，健脾益肾。

◎ 鸡蛋：甘，平。滋阴润燥，养血息风。

◎ 番茄汤 < 番茄 >：酸、甘，微寒。清热生津，健胃消食，凉血平肝。

糖芋苗

【膳食功效】健脾补虚，散结解毒，温肺疏肝，清热利水。

【膳食典故】《随园食单》原文："十月天晴时，取芋子、芋头晒之极干，放草中，勿使冻伤。春间煮食，有自然之甘，俗人不知。"

秋八月丹桂飘香，故又称桂月，在这香气宜人的时节里，最不可错过的便是一碗有着千年历史的金陵小吃——桂花糖芋苗。热腾腾的糖芋苗散发着浓郁的桂花香气，酱红色的汤汁鲜亮诱人，入口香甜酥软，唇齿留香。芋头含有丰富的可溶性膳食纤维，有益气健脾等功效。《名医别录》中有关于"芋"的记载："主宽肠胃，充肌肤，滑中。"

【传承方式】□名称传承 ☑技法传承 ☑食材传承

【烹饪方式】熬煮

【制作时间】1 小时

【口味特点】香甜嫩滑

【主辅食材】主原料：小芋苗；辅原料：桂花、赤豆。

【食材功用】

◎ 小芋苗＜芋艿＞：甘、辛，平。健脾补虚，散结解毒。

◎ 桂花：辛，温。温肺化饮，疏肝理气，散寒止痛。

◎ 赤豆＜赤小豆＞：甘、酸，平。利水消肿，清热解毒，消痈排脓。

曼亭峰天游寺武夷茶

【食单原文】武夷茶

余向不喜武夷茶，嫌其浓苦如饮药。然丙午秋，余游武夷，到曼亭峰、天游寺诸处，僧道争以茶献。杯小如胡桃，壶小如香橼，每斟无一两。上口不忍遽咽，先嗅其香，再试其味，徐徐咀嚼而体贴之，果然清芬扑鼻，舌有余甘。一杯之后，再试一二杯，令人释躁平矜，怡情悦性。始觉龙井虽清而味薄矣，阳羡虽佳而韵逊矣。颇有玉与水晶，品格不同之故。故武夷享天下盛名，真乃不忝。且可以瀹至三次，而其味犹未尽。

【品类】乌龙茶（青茶）类

【功效】生津止渴，利水明目，祛痰止喘

【产地】福建省武夷山市崇安县境内，主产区位于武夷山三坑（慧苑坑、牛栏坑、大坑），二涧（流香涧、悟源涧）。武夷山有“茶树品种王国”之称。

【名茶历史】

明代武夷山盛产绿茶，元代设立的御茶园在“四曲”的九曲溪南，贡茶全盛时期亦是武夷（绿）茶的主产区。武夷岩茶是继武夷（绿）茶之后，于明末清初创制和发展起来的。

武夷岩茶为武夷奇种，武夷水仙、武夷肉桂、武夷品种茶（包括乌龙、黄旦、奇兰、毛蟹、梅占等品种）、武夷极品（主要是各种名丛）等一系列产品的总称。最早的武夷岩茶为武夷菜茶原始品种的有性群体，以后经历代反复单株选育，以单丛—花名—普通名丛—四大名丛为主体，制造的乌龙茶称武夷岩茶。武夷名丛由来已久，宋以来即有许多文献记载，亦是我国茶叶史上单株选种的先驱。经历了10个世纪左右，武夷山共创了一千余名丛花名。“武夷菜茶”有性群体中，经多次单株选育，单丛分别采制、鉴定，以成茶品质为依据，经反复评比筛选出普通名丛，又从普通名丛中评选出大红袍、铁罗汉、白鸡冠、水金龟四大名丛，其中大红袍为武夷岩茶四大名丛之首，有“茶中状元”之誉。

【品质特征】

叶缘朱红，叶底软亮，具有“绿叶红镶边”的特征，部分叶面呈现蛙皮状小白点，俗称“蛤蟆背”；味甘泽而香馥郁，去绿茶之苦，无红茶之涩，性和不寒，久藏不坏；香久益清，味久益醇；茶汤金黄或橙黄，清澈艳丽。

品饮武夷岩茶，应特别注意“活、甘、清、香”四字排列和“岩韵”二字的“岩骨”内在含意。活、甘、清、香是对武夷岩茶品评的高度概括。品赏岩茶，能感到“活色生香，舌本常留甘尽日，齿颊留芳，沁人心脾，香味两绝，如梅斯馥兰斯馨……”岩茶首重“岩韵”；香气馥郁具幽兰之胜，锐则浓长，清则幽远，味浓醇厚，鲜滑回甘，唐代徐夤称赞的“臻山川精英秀气所钟，品具岩骨花香之胜”即指此意境。“不如仙山一啜好，泠然便欲乘风飞”（范仲淹），“两腋清风起，我欲上蓬莱”（苏轼）是文人雅士品尝武夷岩茶后飘飘欲仙的文字写照。

不同的岩茶种类品质各有特色，肉桂香气辛锐，透鼻诱人，且久泡犹存；乌龙香气带有明显的蜜桃香，有隽永幽远之感；佛手高香中带有雪梨香，滋味浓厚且有梨味；水仙则香气高锐，有特有的“兰花香”；奇种有天然花香，滋味醇厚甘爽。

【制作工序】

对不同原料鲜叶，根据不同情况灵活运用技术。其根据为：一是鲜叶含水量多少；二是品种特性；三是鲜叶老嫩程度；四是气候阴晴；五是前工序适度掌握之差异；六是前后工序衔接时间有否矛盾。

焙制，五道工序：萎凋→做青→杀青→揉捻→烘焙。

传统工艺较为复杂：鲜叶→萎凋（日光、加温）⇄晾青→摇青与做手→炒青→初揉→复炒（炒熟）→复揉→水焙→簸→凉索→毛拣→足火→团包→炖火→成茶。《归田琐记》曾有“武夷焙法，实甲天下”之誉。

1990年武夷山举行第一届岩茶节，依据历史传统和使用方法，将武夷茶艺总结成27道程序，使之规范化。即：恭请上座、焚香静气、丝竹和鸣、叶嘉酬宾、岩泉初沸、孟臣沐霖、乌龙入宫、悬壶高冲、春风拂面、重洗仙颜、若琛出浴、玉液回壶、关公巡城、韩信点兵、三龙护鼎、鉴赏三色、喜闻幽香、初品奇茗、冉斟流霞、细啜甘露、三斟石乳、领悟岩韵、自斟慢饮、敬献茶点、欣赏茶歌、乌龙戏水、尽杯谢茶。

溧阳叶比部家乌饭酒

【食单原文】溧阳乌饭酒

余素不饮。丙戌年，在溧水叶比部家，饮乌饭酒至十六杯，傍人大骇，来相劝止，而余犹颓然未忍释手。其色黑，其味甘鲜，口不能言其妙。据云：溧水风俗，生一女必造酒一坛，以青精饭为之，俟嫁此女才饮此酒。以故极早亦须十五六年，打瓮时只剩半坛，质能胶口，香闻室外。

【产地】江苏省，原文题“溧阳”，文内“溧水”，有两种可能：文人习用古名代称今地；此酒溧阳、溧水皆有。

【名酒历史】

江苏溧水民间生女儿时要制乌饭酒一缸，保留到女儿出嫁才开饮。

以青精饭酿制而成。青精饭色黑，又称“乌饭”“青餵饭”，为古代道家特制的一种可以益寿养颜的饭食。李时珍《本草纲目》载：“此饭乃仙家服食之法，而今之释家多于四月八日造之，以供佛耳。造者又入柿叶、白杨叶数十枝以助色，或又加生铁一块者，止知取其上色，不知乃服食家所忌也。”青精饭所用植物各地不相同，用的最早最多的为南烛，又称乌饭草、牛筋草等，《本草纲目》载南烛籽具有“强筋骨，益气力，固精驻颜”的功效。

民间有吃乌米饭作为节日食物的习俗，或在三月三，或在清明，或在四月八，传说众多。其中一说是为了纪念一次反抗苛捐杂税的斗争，一说是为了纪念被庞涓削去膝盖骨的军事家孙膑，一说是为了纪念杨家将杨文广脱险；民间相信立夏吃乌饭不易中暑，且可免蚊虫叮咬。

【品质特征】

色黑绵软，圆润甘甜，风味甚佳。

【叶比部人物考】详见附录 P272 页。

招客看雪不至

清·袁枚

空山难遣玉千枝，

醉拍阑干酒一卮。

可惜阁临最高处，

无人来看未残时。

冬藏·食单

《黄帝内经·素问·四气调神大论》

"冬三月，此谓闭藏，水冰地坼，无扰乎阳。"

龙文家烧小猪

【膳食功效】滋阴润燥，益气养血。

【膳食典故】《随园食单》原文：“小猪一个，六七斤重者，钳毛去秽，叉上炭火炙之。要四面齐到，以深黄色为度。皮上慢慢以奶酥油涂之，屡涂屡炙。食时酥为上，脆次之，吝斯下矣。旗人有单用酒、秋油蒸者，亦佳。吾家龙文弟颇得其法。”

烧小猪北方人称“烤乳猪”，南方人则称之为“烧乳猪”，但两者实为一道菜，其历史悠久，名声响彻南北。周代《礼记·内则》中记载的“八珍”之一“炮豚”即为乳猪。文火炙烤后的乳猪外皮金黄酥脆，食之口感软嫩醇香，是古代宴请宾客的首选佳肴。除了炙烤的做法，《随园食单》中还记载了旗人单用酒和酱油调味，将乳猪蒸食，也十分美味。

【传承方式】☑名称传承　☑技法传承　☑食材传承

【烹饪方式】叉烧

【制作时间】2 小时

【口味特点】鲜香酥脆

【主辅食材】主原料：乳猪；辅原料：自制腌料。

【食材功用】

◎ 乳猪 < 猪肉 >：甘，平。滋阴润燥，益气养血。

【龙文人物考】详见附录 P273 页。

苏州虾子鱼

【膳食功效】健脾补肾，养心安神，温中散寒，生津润燥。

【膳食典故】《随园食单》原文：“选白净带子勒鲞，放水中一日，泡去盐味，太阳晒干，入锅油煎，一面黄取起。以一面未黄者铺上虾子，放盘中，加白糖蒸之，一炷香为度。”

南宋《吴郡志》中记载：“美下着鱼，是为鲞字。”古称鲞鱼，寓意美味的鱼。鲞鱼是洄游鱼类，又名鳓鱼，每年春分时回到近海产卵。鲞鱼身型扁长，通体银白附着大而薄的鳞片，届时的海面皎然生辉，万顷银光雪影。苏州人对其青睐已久，他们吃鲞鱼的历史可以追溯至公元前505年。做法类似熏鱼，选品质上乘的鲞鱼洗净后分段，晾晒腌制入味，放入油锅中炸至金黄，捞出后另起一锅，加入酱油、料酒、姜汁、白糖，大火收汁儿，最后裹上虾籽调鲜即成。

【传承方式】☑名称传承 ☑技法传承 ☑食材传承

【烹饪方式】炸，烧

【制作时间】20分钟

【口味特点】咸鲜香甜

【主辅食材】主原料：鲞鱼；辅原料：酱油、料酒、姜汁、虾籽、白糖。

【食材功用】

◎ 鲞鱼 < 鳓鱼 >：甘，平。健脾开胃，养心安神。

◎ 酱油：咸，寒。清热解毒，除烦。

◎ 姜汁 < 生姜 >：辛，微温。解表散寒，温中止呕，温肺止咳。

◎ 虾籽 < 淡水虾 >：甘，微温。补肾壮阳，通乳托毒。

◎ 白糖 < 白砂糖 >：甘，平。和中缓急，生津润燥，解毒疗疮。

侯尼蝴蝶萝卜

【膳食功效】清热生津，下气宽中，生津润燥，活血消积。

【膳食典故】《随园食单》原文："萝卜取肥大者，酱一二日即吃，甜脆可爱。有侯尼能制为鲞，剪片如蝴蝶，长至丈许，连翩不断，亦一奇也。承恩寺有卖者，用醋为之，以陈为妙。"

所谓"制为鲞"就是制成萝卜干的意思，相传南京承恩寺中有一侯姓尼姑有拿手绝活，可将萝卜片成似蝴蝶翅膀一般薄，此法对刀工要求极高，须一正一反刀口连绵不断，切完展开如连翩蝴蝶状。待萝卜切好后先用盐腌出水汽，挤干水分后，再用糖醋汁腌制，时间越长味道越浓郁。腌制好的萝卜干闻着酱香浓郁，吃到嘴里却脆甜爽口，是一道开胃的必备佳品。

【传承方式】☑名称传承　☑技法传承　☑食材传承

【烹饪方式】泡，糖醋渍

【制作时间】1 天

【口味特点】酸甜爽脆

【主辅食材】主原料：白萝卜；辅原料：糖、醋。

【食材功用】

◎ 白萝卜：辛、甘，凉；熟者甘，平。清热生津，凉血止血，下气宽中，消食化痰。

◎ 糖 <白砂糖>：甘，平。和中缓急，生津润燥，解毒疗疮。

◎ 醋：酸、苦，温。散瘀消积，活血止血，安蛔止痛，解毒杀虫。

香油菠菜墩

【膳食功效】养血止血，滋阴润燥，温中散寒，温肺润肠。

【膳食典故】《随园食单》原文："波菜肥嫩，加酱水、豆腐煮之。杭人名'金镶白玉板'是也。如此种菜，虽瘦而肥，可不必再加笋尖、香蕈。"

文中记载的是一道民间传统家常菜，名为菠菜炖豆腐，杭州人称"金镶白玉板"，此菜口感清淡，深受百姓喜爱。菠菜又称波斯草，隋唐时期由波斯人传入。菠菜虽为素菜，但口感却很丰润，味道鲜美。所以用菠菜作为主角时不必佐以其他的配菜，以免喧宾夺主。《调鼎集》中记载了拌菠菜的做法，取鲜菠菜洗净切段，置沸水中焯熟，捞出沥干水，以麻油等拌食。五季随园的此道菜做法与之相似，菠菜于沸水中烫约3分钟即可，清甜爽口。

【传承方式】□名称传承　☑技法传承　☑食材传承

【烹饪方式】拌

【制作时间】3分钟

【口味特点】鲜甜脆嫩

【主辅食材】主原料：菠菜；辅原料：麻油、生姜。

【食材功用】

◎ 菠菜：甘，平。养血止血，滋阴润燥。

◎ 麻油：甘，凉。润肠通便，解毒生肌。

◎ 生姜：辛，微温。解表散寒，温中止呕，温肺止咳。

香辣车螯

【膳食功效】滋阴利水，化痰软坚，温中健胃，补益肝肾。

【膳食典故】《随园食单》原文："先将五花肉切片，用作料闷烂。将蝗螯洗净，麻油炒，仍将肉片连卤烹之。秋油要重些，方得有味。加豆腐亦可。蝗螯从扬州来，虑坏，则取壳中肉置猪油中，可以远行。有晒为干者亦佳。入鸡汤烹之，味在蛏干之上。捶烂蝗螯作饼，如虾饼样煎吃，加作料亦佳。"

车螯又称文蛤，其肉质白嫩，为蛤中上品，据载古人食用文蛤的历史有三千年之久。据民间传说，清乾隆皇帝下江南时吃到文蛤，赞其鲜而不腻，百食不厌，故封它为"天下第一鲜"。袁枚在文中记录说文蛤是从扬州运来的，彼时运输不易，为防其变质，就将文蛤肉取出浸在猪油里得以保鲜，或将其晒干制成鲞也很鲜美，足以体现古人在"吃"上的智慧。

【传承方式】□名称传承　☑技法传承　☑食材传承

【烹饪方式】捞拌

【制作时间】15 分钟

【口味特点】麻辣鲜甜

【主辅食材】主原料：文蛤；辅原料：干辣椒丝、芝麻、红油、花椒油、生抽。

【食材功用】

◎ 文蛤 <蛤蜊肉>：咸，寒。滋阴利水，化痰软坚。

◎ 干辣椒丝 <辣椒>：辛，热。温中散寒，健胃消食，驱虫发汗。

◎ 芝麻 <黑芝麻>：甘，平。补益肝肾，养血益精，润肠通便。

◎ 花椒油 <花椒>：辛，温。温中止痛，除湿止泻，杀虫止痒。

◎ 生抽 <酱油>：咸，寒。清热解毒，除烦。

吴竹屿汤煨甲鱼

【膳食功效】滋阴补血，补虚调中，清热生津，散结消痞。

【膳食典故】《随园食单》原文：“将甲鱼白煮，去骨拆碎，用鸡汤、秋油、酒煨汤二碗，收至一碗，起锅，用葱、椒、姜末糁之。吴竹屿家制之最佳。微用纤才得汤腻。”

鳖俗称甲鱼，素有“五味肉”的美称，是宴请宾客的常用食材。其味不仅鲜美，更富含多种微量元素。《日用本草》中记载鳖可“补劳伤，壮阳气，大补阴之不足”，自古就被视为滋补佳品。一次袁枚去吴竹屿家做客时品尝了这道汤煨甲鱼，观其汤色浓厚，食之更觉鲜美，于舌尖久久不散，便讨要了做法记录在食单中。

【传承方式】☑名称传承　☑技法传承　☑食材传承

【烹饪方式】煨

【制作时间】15 分钟

【口味特点】鲜咸浓香

【主辅食材】主原料：甲鱼；辅原料：山药、冬笋、青蒜。

【食材功用】

◎ 甲鱼 <鳖>：甘，平。滋阴补血，补虚调中，散结消痞。

◎ 山药：甘，平。补脾养胃，生津益肺，补肾涩精。

◎ 冬笋 <竹笋>：甘、苦，凉。凉血止痢，清热生津，清肠消积。

◎ 青蒜 <大蒜>：辛，温。温中行滞，解毒杀虫。

【吴竹屿人物考】详见附录 P278 页。

杨公圆

【膳食功效】滋阴润燥，益气养血，清热利湿，活血消积。

【膳食典故】《随园食单》：“杨明府作肉圆大如茶杯，细腻绝伦，汤尤鲜洁，入口如酥。大概去筋去节，斩之极细，肥瘦各半，用纤合匀。”

杨明府家所制的肉圆（即“狮子头”），大如茶碗，咬上一口肉汁四溢，口感肥而不腻。“狮子头”在我国已有一千多年的历史，相传隋炀帝下扬州时每经过一个景点，就会命御厨创作一道菜，而“狮子头”就是路过狮子山时灵机一动被创作出来的。“狮子头”有红烧、清炖、清蒸等不同的做法，这道“杨公圆”取其清炖之法，选五花肉肥瘦各半，去筋去节剁成细细的肉泥，加入蟹粉、鮰鱼、马蹄等混合均匀，团成圆子状，放入滚水中定形，搭配鲜亮的清汤，盛在小碗里，供客人食用。

【传承方式】☑名称传承　☑技法传承　☑食材传承

【烹饪方式】炖

【制作时间】2 小时

【口味特点】鲜咸

【主辅食材】主原料：猪肉、马蹄；辅原料：蟹粉、鮰鱼。

【食材功用】

◎ 猪肉：甘，平。滋阴润燥，益气养血。

◎ 马蹄 < 荸荠 >：甘，寒。清热生津，化痰消积。

◎ 蟹粉 < 螃蟹 >：咸，寒。活血散瘀，清热消肿，利湿退黄。

◎ 鮰鱼：甘，平。补中开胃，利水消肿。

【杨公人物考】详见附录 P274 页。

園食單
下

何春巢蛏汤豆腐

【膳食功效】清热解毒，健脾利湿，温中益气，补阴益肾。

【膳食典故】《随园食单》原文："烹蛏法与蚶蛤同，单炒亦可。何春巢家蛏汤豆腐之妙，竟成绝品。"

何春巢家的蛏汤豆腐让袁枚赞不绝口，嫩白的蛏肉配以豆腐的爽滑，鲜美的汤汁略带一缕海风的味道。此菜做法讲究，蛏子去壳取肉，豆腐要用南豆腐，烹制时锅中放猪油加姜丝，蛏肉略炒后加水，大火烧开转小火煨煮，待汤呈乳白色时放入切成小块的豆腐，起锅时撒葱花调味。清《光绪宁海县志》记载"蛏，蚌属。以田种之谓蛏田，形狭而长如中指，一名西施舌，言其美也"，将蛏子的质地和形状描绘得淋漓尽致。古人赞曰："沙蜻四寸尾掉黄，风味由来压邵洋。麦碎花开三月半，美人种子市蛏秧。"其中"沙蜻"指的就是蛏子。

【传承方式】☑名称传承 ☑技法传承 ☑食材传承

【烹饪方式】炖

【制作时间】15 分钟

【口味特点】鲜咸

【主辅食材】主原料：嫩豆腐、蛏子；辅原料：高汤。

【食材功用】

◎ 嫩豆腐 <豆腐>：甘，凉。清热解毒，健脾利湿，和中益气。

◎ 蛏子 <蛏>：咸，寒。补阴止痢，清热除烦。

◎ 高汤 <鸡肉，鸡汤>：甘，温。温中益气，补精填髓。

【何春巢人物考】详见附录 P277 页。

隨園

蒋鸡

【膳食功效】温中益气，清热解毒，补益脾肺，生津养血。

【膳食典故】《随园食单》："童子鸡一只，用盐四钱、酱油一匙、老酒半茶杯、姜三大片，放砂锅内隔水蒸烂，去骨，不用水。蒋御史家法也。"

一次袁枚去蒋御史家做客时，尝了这道秘制"焖鸡"：取童子鸡一只，将盐、酱油、老酒（花雕酒）等佐料与鸡一同放入砂锅，不加一滴水，隔水蒸烂，脱骨即成。蒋御史家采用的是干焖法，此做法较好地保留了鸡肉软嫩的口感，脱骨的鸡肉透着淡淡酒香，入口咸香馥郁，越嚼越香。袁枚将此做法记录在食单之中，为了与其他相似的制法作区分，又因其出自蒋御史家，故称为"蒋鸡"。冬季进补适宜吃鸡肉，古谚有云"逢九一只鸡，来年好身体"，从冬至（一九）起逢九吃鸡，可以为来年的健康打下坚实基础。

【传承方式】☑名称传承 ☑技法传承 ☑食材传承

【烹饪方式】焖

【制作时间】20 分钟

【口味特点】鲜咸浓香

【主辅食材】主原料：童子鸡；辅原料：秋油、黄酒、人参。

【食材功用】

◎ 童子鸡 <鸡肉>：甘，温。温中益气，补精填髓。

◎ 秋油 <酱油>：咸，寒。清热解毒，除烦。

◎ 黄酒：甘、苦，温。补血养颜，强壮身体，舒筋活血。

◎ 人参：甘、微苦，微温。大补元气，复脉固脱，补益脾肺，生津养血，安神益智。

【蒋御史人物考】详见附录 P275 页。

剥壳蒸蟹

【膳食功效】活血散瘀，清热消肿，滋阴润燥，养血息风。

【膳食典故】《随园食单》原文：“将蟹剥壳，取肉取黄，仍置壳中，放五六只在生鸡蛋上蒸之。上桌时完然一蟹，惟去爪脚。比炒蟹粉觉有新色。杨兰坡明府以南瓜肉拌蟹，颇奇。”

这道剥壳蒸蟹，相传是粤东知府杨兰坡为招待袁枚所做，其制法新奇，口味独特，袁枚吃后大为赞赏。据《周礼》中记载的“青州之蟹胥”，可见古人啖蟹最早可追溯至东周时期。李渔嗜食蟹，曾在《闲情偶寄》里称赞“蟹之鲜而肥，甘而腻，白似玉而黄似金，已造色香味三者之至极，更无一物可以上之”，每年在螃蟹未出时，他便储钱以待。而苏轼所作《丁公默送蝤蛑》一诗中更是记录了他以诗换蟹的故事：“溪边石蟹小于钱，喜见轮囷赤玉盘。半壳含黄宜点酒，两螯斫雪劝加餐。蛮珍海错闻名久，怪雨腥风入坐寒。堪笑吴兴馋太守，一诗换得两尖团。”

【传承方式】☑名称传承 ☑技法传承 ☑食材传承

【烹饪方式】蒸

【制作时间】10 分钟

【口味特点】鲜甜嫩滑

【主辅食材】主原料：大闸蟹；辅原料：鸡蛋。

【食材功用】

◎ 大闸蟹 <螃蟹>：咸，寒。活血散瘀，清热消肿，利湿退黄。

◎ 鸡蛋：甘，平。滋阴润燥，养血息风。

红煨羊肉

【膳食功效】健脾温中，补肾益气，养血活血，滋肝清热。

【膳食典故】《随园食单》原文："与红煨猪肉同。加刺眼、核桃，放入去羶。亦古法也。"

羊肉搭配胡萝卜同煨，酥烂香醇，透着莹润的光泽，食之肥而不腻，是一道冬补佳品。春秋时期的《国语·楚语·观射父论祀牲》中记载"天子食太牢，牛羊豕三牲俱全"，可见两千年前羊肉就出现在了古人的祭祀社稷中。但说到吃羊的狂热期就不免提到宋朝，孟元老的《东京梦华录》中记载了与羊相关的多种美食，如乳炊羊、羊角腰子、罨生软羊面等。据《宋会要辑稿》记载，宋神宗年间一次御厨支出就用羊肉四十三万余斤，而猪肉消耗量只有四千余斤。统治者和官僚们的饮食习惯也造就了宋代的爱羊风尚。

【传承方式】☐名称传承 ☑技法传承 ☑食材传承

【烹饪方式】煨

【制作时间】2 小时

【口味特点】鲜咸浓香

【主辅食材】主原料：羊肉；辅原料：胡萝卜、当归、党参、白萝卜。

【食材功用】

◎ 羊肉：甘，温。健脾温中，补肾壮阳，益气养血。

◎ 胡萝卜：甘、辛，平。健脾化滞，滋肝明目，清热解毒。

◎ 当归：甘、辛，温。补血活血，调经止痛，润肠通便。

◎ 党参：甘，平。补脾益肺，养血生津。

◎ 白萝卜：辛、甘，凉；熟者甘，平。清热生津，下气宽中。

鸡汁白鱼

【膳食功效】开胃健脾，消食行水，温中益气，温肺益肾。

【膳食典故】《随园食单》原文："白鱼肉最细，用糟鲥鱼同蒸之最佳。或冬日微腌，加酒酿糟二日亦佳。余在江中得网起活者，用酒蒸食，美不可言。糟之最佳，不可太久，久则肉木矣。"

白鱼肉质细嫩，味道鲜美，与银鱼、白虾并称"太湖三白"，属鱼中上品。《永吉县志》中记载："白鱼，一名'鰋'，一名'鱎'，吉林产者鳞最细，故又称细鳞白，为贡品。"民间俗有"三月桃花开江水，白鱼出水肥且鲜"的说法。苏轼在他的《春菜》诗中也记录了白鱼的吃法："烂蒸香荠白鱼肥，碎点青蒿凉饼滑。"将荠菜和白鱼一起蒸食，鱼肉白嫩细腻，滑而不腥，再配以青蒿饼同食，荤素搭配，在调和口感的同时又均衡了营养。

【传承方式】□名称传承　☑技法传承　☑食材传承

【烹饪方式】蒸

【制作时间】15 分钟

【口味特点】鲜咸细嫩

【主辅食材】主原料：太湖白鱼；辅原料：鸡汤、生姜、葱。

【食材功用】

◎ 太湖白鱼 < 白鱼 >：甘，平。开胃健脾，消食行水。

◎ 鸡汤 < 鸡肉 >：甘，温。温中益气，补精填髓。

◎ 生姜：辛，微温。解表散寒，温中止呕，温肺止咳。

◎ 葱 < 大葱 >：辛，温。通阳发表，解毒止痛。

瓢儿菜·煨木耳

【膳食功效】健脾益胃，疏肝滑肠，补气养血，润肺温中。

【膳食典故】《随园食单》原文：“炒瓢菜心，以干鲜无汤为贵，雪压后更软。王孟亭太守家制之最精。不加别物，宜用荤油。”

瓢儿菜，即乌塌菜、塌棵菜，主要分布在长江流域，南京是其主要产地之一。清代孙韶曾写过一首《赋瓢儿菜》：“嫩叶如瓢饱露华，白门佳种胜黄芽……小雪时光人中酒，故园风味客思家。”诗中描述了瓢儿菜的性状，并借其抒发了对故乡的思念之情。除《随园食单》以外，南京各地方志文献中也记载了瓢儿菜及其烹炒方式。现今，五季随园为提升口感层次，将瓢儿菜与养颜美容的黑木耳同煨，成为一道看似质朴但营养丰富的冬季蔬食佳品。

【传承方式】☑名称传承 ☑技法传承 ☑食材传承

【烹饪方式】煨煮

【制作时间】10 分钟

【口味特点】鲜咸

【主辅食材】主原料：瓢儿菜（塌棵菜）、黑木耳；辅原料：鸡汤。

【食材功用】

◎ 瓢儿菜 < 塌棵菜 >：甘，平。健脾益胃，疏肝滑肠。

◎ 黑木耳 < 木耳 >：甘，平。补气养血，润肺止咳，止血活血，降压抗癌。

◎ 鸡汤 < 鸡肉 >：甘，温。温中益气，补精填髓。

【王太守人物考】详见附录 P261 页。

茶经·

猪油煮萝卜

【膳食功效】清热生津，下气宽中，滋肾养肺，补虚润燥。

【膳食典故】《随园食单》原文："用熟猪油炒萝卜，加虾米煨之，以极熟为度。临起，加葱花，色如琥珀。"

萝卜是冬季最常见的食材之一，"熟食甘似芋，生荐脆如梨"，其味甜、爽脆、多汁的特点，可以与"芋、梨"媲美。萝卜富含多种营养物质，适宜冬日食用，有"冬天萝卜赛人参"之说。萝卜也是一种百搭的食材，与其他多种食材可搭配出别样的美味，也可制成各种小菜。猪油煮萝卜制法简单，食单中的寥寥数语，成了烹制萝卜的不二法门。

【传承方式】☑名称传承 ☑技法传承 ☑食材传承

【烹饪方式】煮，煨

【制作时间】1 小时

【口味特点】鲜咸

【主辅食材】主原料：白萝卜；辅原料：猪油、五花肉、生姜、虾米。

【食材功用】

◎ 白萝卜：辛、甘，凉；熟者甘，平。清热生津，凉血止血，下气宽中，消食化痰。

◎ 猪油：甘，凉。滋肾养肺，补虚润燥，泻热解毒，通利血脉。

◎ 五花肉 <猪肉>：甘，平。滋阴润燥，益气养血。

◎ 生姜：辛，微温。解表散寒，温中止呕，温肺止咳。

◎ 虾米 <淡水虾>：甘，微温。补肾壮阳，通乳托毒。

园诗话
续茶经

水粉汤圆

【膳食功效】补中益气，健脾补肾，清热解毒，养血益精。

【膳食典故】《随园食单》原文："用水粉和作汤圆，滑腻异常。中用松仁、核桃、猪油、糖作馅；或嫩肉去筋丝捶烂，加葱末、秋油作馅亦可。作水粉法：以糯米浸水中一日夜，带水磨之，用布盛接，布下加灰，以去其渣，取细粉晒干用。"

汤圆，相传起源于宋朝，兴起于当时的明州（现浙江省宁波市），明清时期逐渐成为元宵佳节的代表性食物。在江苏、上海等地，大年初一早上也有吃汤圆的习俗。汤圆以糯米为主要原料，可补脾益气，但不易消化，建议一次食用不可过多。汤圆根据其馅料的不同，口味繁多，如黑芝麻馅、花生馅、肉馅等。也可将汤圆和米酒一起煮，称"米酒汤圆"。

【传承方式】☑名称传承 ☑技法传承 ☑食材传承

【烹饪方式】煮

【制作时间】10 分钟

【口味特点】滑糯香甜

【主辅食材】主原料：糯米；辅原料：豆沙、黑芝麻、松仁、核桃、猪油、白糖。

【食材功用】

◎ 糯米：甘，微温。补中益气，健脾止泻，缩尿敛汗，解毒。

◎ 豆沙 <赤小豆>：甘、酸，平。利水消肿，清热解毒。

◎ 黑芝麻：甘，平。补益肝肾，养血益精，润肠通便。

◎ 松仁 <松子>：甘，微温。润肺补虚，润肠通便，祛风通络。

◎ 核桃 <核桃仁>：甘、涩，温。补肾益精，温肺定喘。

◎ 猪油：甘，凉。滋肾养肺，补虚润燥，泻热解毒，通利血脉。

◎ 白糖 <白砂糖>：甘，平。和中缓急，生津润燥，解毒疗疮。

沙糕

【膳食功效】补中益气，补益肝肾，养血益精，润肠除烦。

【膳食典故】《随园食单》原文："糯粉蒸糕，中夹芝麻、糖屑。"

沙糕的制作通常在天气较凉的秋冬季，主要原料为糯米，蒸好的沙糕口感松软香甜，食而不腻，有健脾养胃之效。作为传统糕点之一的沙糕也是我国西南地区的节日美食，在壮乡农家，沙糕是春节走亲访友的必备礼品，"糕"谐音"高"，送沙糕寓意生活幸福美满，一年更比一年高，因此也有"沙糕到，祝福到"的说法。后来沙糕成为吉祥如意的象征，出现在日常的乔迁新居、结婚生子等喜事中。

【传承方式】☑名称传承 ☑技法传承 ☑食材传承

【烹饪方式】蒸

【制作时间】10 分钟

【口味特点】松软香甜

【主辅食材】主原料：米粉、黑芝麻；辅原料：白糖、豆沙。

【食材功用】

◎ 米粉 <粳米>：甘，平。补中益气，除烦渴，止泻痢。

◎ 黑芝麻：甘，平。补益肝肾，养血益精，润肠通便。

◎ 白糖 <白砂糖>：甘，平。和中缓急，生津润燥，解毒疗疮。

◎ 豆沙 <赤小豆>：甘、酸，平。利水消肿，清热解毒，消痈排脓。

杏酪

【膳食功效】降气平喘，生津润肠，和中缓急，补虚解毒。

【膳食典故】《随园食单》原文："捶杏仁作浆，挍去渣，拌粉，加糖熬之。"

"杏酪"又称"杏仁茶"，制作原料以杏仁为主，是一款中国传统甜品。杏酪白如凝脂，口感细腻，清香宜人，冬日里喝上一碗热乎乎的杏酪更觉舒心。除了热着吃，杏酪也可以凉着吃。古人素有寒食节备杏酪的习俗，关于杏酪的做法从北魏《齐民要述》到清朝《食宪鸿秘》都有记载。杏酪在唐朝最为流行，《景龙文馆记》中有关于唐中宗吃杏酪的记载，在盛着樱桃的琉璃碗中浇上杏酪，再佐以酴醾酒，这讲究的吃法想来也是美哉。

【传承方式】☑名称传承 ☑技法传承 ☑食材传承

【烹饪方式】熬煮

【制作时间】15 分钟

【口味特点】香甜细腻

【主辅食材】主原料：杏仁；辅原料：牛奶、糖、米粉。

【食材功用】

◎ 杏仁 <苦杏仁>：苦，微温。降气止咳平喘，润肠通便。

◎ 牛奶：甘，平。补益虚损，生津润肠。

◎ 糖 <白砂糖>：甘，平。和中缓急，生津润燥，解毒疗疮。

◎ 米粉 <粳米>：甘，平。补中益气，除烦渴，止泻痢。

隨園

韭合

【膳食功效】温中健脾，行气活血，益肾养心，滋阴养血。

【膳食典故】《随园食单》原文："韭白拌肉加作料，面皮包之，入油灼之。面内加酥更妙。"

袁枚所说的"韭合"即是现在的韭菜合子（韭菜盒子）。作为传统面食，韭菜合子还是天津等北方地区过年时必吃的一道面食，有"初一饺子初二面，初三合子围锅转"的说法。韭菜属于四季菜，但只有初春的韭菜最为鲜嫩，称之"翡翠"。杜甫在《赠卫八处士》中写"夜雨剪春韭，新炊间黄粱"来描述春韭的美味。陈藏器《本草拾遗》中记载"韭温中下气，补虚，调和脏腑，令人能食"，李时珍称赞韭为"乃菜中最有益者"。

【传承方式】☑名称传承 ☑技法传承 ☑食材传承

【烹饪方式】煎

【制作时间】10 分钟

【口味特点】咸香酥脆

【主辅食材】主原料：韭菜、肉沫；辅原料：面粉、鸡蛋。

【食材功用】

◎ 韭菜：辛，温。温中开胃，行气活血，补肾壮阳。

◎ 肉沫 < 猪肉 >：甘，平。滋阴润燥，益气养血。

◎ 面粉 < 小麦 >：甘，平。养心安神，除热止渴，健脾益肾。

◎ 鸡蛋：甘，平。滋阴润燥，养血息风。

常州阳羡雀舌茶

【食单原文】常州阳羡茶

阳羡茶深碧色，形如雀舌，又如巨米。味较龙井略浓。

【品类】绿茶类

【功效】清热平肝，利咽解毒，生津止渴

【产地】江苏省常州阳羡县，今江苏宜兴市南部阳羡游览景区

【名茶历史】

恢复历史名茶、唐代著名贡茶和名茶。阳羡县在宋代以后曾一度改名为义兴县，故又有义兴茶之名。

唐代卢仝《走笔谢孟谏议寄新茶》诗曰："天子须尝阳羡茶，百草不敢先开花。"明代周高起《洞山岕茶系》中记载："唐李栖筠守常州日，山僧进阳羡茶，陆羽品为'芬芳冠世产，可供上方'。遂置茶舍于罨画溪，去湖汊一里所，岁供万两。"

宜兴茶区第一、第二代名茶阳羡茶、罗齐茶在唐、明两代名噪一时，但到清代贡茶失传，茶叶荒芜殆尽。为了恢复宜兴茶叶历史盛名，由教授级高级农艺师张志澄先生倡议主持，1984 年无锡市茶研所与宜兴市林副业局合作，根据苏轼诗句"雪芽我为求阳羡"取名"阳羡雪芽"，重新定型、定工艺，于 1984 年创制成功，成为宜兴第三代名茶代表。

【品质特征】

外形紧直匀细，色泽翠绿显毫，内质香气清雅悠长，滋味鲜醇，汤色清澈明亮，叶底嫩匀完整，以"汤清、芳香、味醇"的特点而闻名。

【制作工序】

炒制，四道工序。高温杀青→轻度揉捻→整形干燥→割末贮藏。

山西酷吏汾酒

【食单原文】山西汾酒

既吃烧酒，以狠为佳。汾酒乃烧酒之至狠者。余谓烧酒者，人中之光棍，县中之酷吏也。打擂台，非光棍不可；除盗贼，非酷吏不可；驱风寒、消积滞，非烧酒不可。汾酒之下，山东膏粱烧次之，能藏至十年，则酒色变绿，上口转甜，亦犹光棍做久，便无火气，殊可交也。尝见童二树家，泡烧酒十斤，用枸杞四两、苍术二两、巴戟天一两、布扎一月，开瓮甚香。如吃猪头、羊尾、“跳神肉”之类，非烧酒不可，亦各有所宜也。

【品类】白酒：大曲清香型

【功效】行气活血

【产地】山西省汾阳县杏花村汾酒厂

【名酒历史】

“汾州府，汾阳城，离城三十杏花村，杏花村里出美酒，杏花村里出贤人。”这首赞扬汾酒的歌谣在民间广为流传。据古籍记载，汾酒生产已有1500余年历史，它起源于唐代以前的黄酒，后来发展成为白酒——蒸馏酒。南北朝时期起就被冠以“甘泉佳酿”之美称。唐代大诗人杜牧曾作“清明时节雨纷纷，路上行人欲断魂。借问酒家何处有，牧童遥指杏花村”。相传杏花村昌盛时，有72家小酒坊，酒馆云集。明末李自成率起义军经过汾阳，欢饮汾酒后题词“尽善尽美”。汾酒在清代独占鳌头，赞誉之词不绝于耳。李汝珍在小说《镜花缘》中借酒保之口，列举当时闻名天下的55种名酒，汾酒位居榜首。梁绍壬在《两般秋雨庵笔记》评论当时天下名酒时言“不得不推山西之汾酒、潞酒”。1960年5月，谢觉哉同志游杏花村后题诗：“逢人便说杏花村，汾酒名牌天下闻；草长莺飞春已暮，我来仍是雨纷纷。”

据说杏花村汾酒的酒味优美与这里的井水特别醇美有密切关系。人们为保护杏花村井水，特修了一座“古井亭”。亭上留有十七世纪题的“得造花香”字匾，意思是说“水如香花一样的优美”。古井亭旁有一块“申明亭酒泉记”的石刻，刻文“近卜山之麓有井泉焉，其味如醴，河东桑落不足比其甘馨，禄俗梨春不足方其清洌”，以赞扬水质之佳美。

【品质特征】

60° 高度酒，亦有 53° 、48° 、38° 等品种。向有色香味“三绝”赞誉，清液晶莹透明，酒香清雅馥郁，酒质醇厚纯正，入口绵柔甘冽，余味清爽悠长。1915 年在巴拿马万国博览会上获一等优胜金质奖。在全国第一、二、三、四届评酒会上，连续评为国家名酒。迄今所获国内外奖牌总数居全国榜首。

【制作工艺】

汾酒酿造以晋中平原的“一把抓高粱”（含淀粉 66% 上下）为原料，用大麦、豌豆制成的“青茬曲”为糖化发酵剂，采用“清蒸二次清”的独特酿造工艺，用当地古井水酿造。“清蒸二次清”的工艺特点是每投一批新料，将原料单位清蒸糊化一次，发酵二次，流酒二次，即酿造完毕。

汾酒发酵设备采用埋在地下的、口与地面平齐的陶瓷缸，每酿造一千公斤原料用缸八至十六个。使用陶瓷缸发酵是汾酒的古老特点之一。酿酒家们认为：汾酒酿造用青茬曲含有多种微生物，用缸发酵易于保温，发酵作用旺盛，发酵时间长（21 天），最后几天，酒精发酵作用几乎停止，这是发酵过程的酯化阶段，与成品酒品质特点的形成有密切关系。最后，蒸馏时严格实行“掐头去尾”，而且掐头去尾的数量很大，以保证酒质的纯净。

历代劳动人民在长期生产实践中，将积累的丰富经验总结为七条秘诀，一直流传至今日：一、人必得其精；二、水必得其甘；三、曲必得其时；四、高粱必得其实；五、器具必得其洁；六、缸必得其湿；七、火必得其缓。这是汾酒工艺的宝贵遗产。

附录

微信扫码收听　　网页端扫码收听

《随园食单》语音版原文朗读二维码

袁枚年谱

◎ **1716年（康熙五十五年）1岁。**

三月二日（1716年3月25日）生于杭州府仁和县艮山门内大树巷中。

◎ **1718年（康熙五十七年）3岁。**

袁枚由其姑沈氏夫人抚育。本年沈氏夫人年三十一而寡，无所归，奉母守志，抚其侄枚。

◎ **1720年（康熙五十九年）5岁。**

袁枚生了一场病，祖母爱而怜惜之，将其抱至怀中同眠，袁枚从此与祖母同眠至弱冠之年。沈氏夫人于抚育之余，也给袁枚讲述经义。

◎ **1722年（康熙六十一年）7岁。**

随家人祭仁和县半山祖茔，同年迁居仁和县葵巷，始就学，从师于史中。

◎ **1724年（雍正二年）9岁。**

史中有位朋友携《古诗选》至学馆求售，袁枚偶尔阅之，如获至宝，爱不释手，于是吟咏而模仿。这是袁枚学诗的开始。

◎ **1727年（雍正五年）12岁。**

春夏之交，袁枚应童子试，入泮成生员。因袁枚是以髫年入泮，乡人争相道贺。同入泮者，还有袁枚的业师史中。

◎ **1728年（雍正六年）13岁。**

史中命袁枚赋诗言志，袁枚写有“每饭不忘惟竹帛，立名最小是文章"之句，先生嘉其有志。

◎ **1729年（雍正七年）14岁。**

赴科试，未举。本年写《郭巨埋儿论》《高帝论》。

◎ **1730年（雍正八年）15岁。**

冬，以岁试二等，被补为增生。

◎ **1731年（雍正九年）16岁。**

杨绳武主教敷文（万松）书院，袁枚仰慕其文，录而诵之。

◎ **1733年（雍正十一年）18岁。**

祖母柴氏卒。袁枚入万松书院肄业。

◎ **1734年（雍正十二年）19岁。**

岁试第三，补廪生。

◎ **1735年（雍正十三年）20岁。**

应浙江博学鸿词之选，落选。同年秋，参与科试，考列前茅。随即入闱乡试，仍落选。

◎ **1736年（乾隆元年）21岁。**

父袁滨命袁枚投叔父袁鸿于广西巡抚金鉷幕中，受到金鉷的赏识和厚遇。金鉷补荐其参加当年的博学鸿词科考试。落选后，开始在北京漂泊。

◎ **1738年（乾隆三年）23岁。**

得友人助，捐顺天监生，得以在京应举试。九月十日，袁枚中举。

◎ **1739年（乾隆四年）24岁。**

三月参加会试，喜中。四月殿试被钦点为二甲第五名。五月参加朝考，得尹继善力挺，选翰林院庶吉士，命习清书。冬天，袁枚乞假归娶。

◎ **1740年（乾隆五年）25岁。**

娶同里王氏。秋，闻金鉷亡讯，赋诗悼之。

◎ **1742年（乾隆七年）27岁。**

三月，乾隆颁旨命诸臣荐言官，大臣留保欲推荐袁枚应诏，被袁枚婉拒。四月散馆，袁枚因满文考居末等，毕业时交两江总督德沛以知县用。秋天抵江宁，授溧水知县，居官两个月。冬天离溧水知县任，改官江浦。

◎ **1743 年（乾隆八年）28 岁。**

初春，离江浦知县任，改官沭阳，率领百姓抗旱灾、捕蝗虫。

◎ **1745 年（乾隆十年）30 岁。**

初春，得尹继善之助，离沭阳任，移知江宁，吏民送于途。三月二日到江宁，甫到任，案牍蜂屯，袁枚悉力治之，戴星出入，食饮几废。初冬时作《俗吏篇》，备述为官之苦。冬至日，《袁太史稿》刻成。

◎ **1747 年（乾隆十二年）32 岁。**

春夏之交，袁枚欲重修《江宁县志》，乃设志馆。六月十一日，闻高邮州缺，两江总督尹继善、江苏布政使王师以袁枚应荐。七月，江南学政尹会一来江宁，为某大将军家奴冲撞，袁枚为擒治。八月十七日，袁枚因本年任内漕项钱粮征收未完，被送户部咨参。十月，高宗依户部奏，照例停袁枚升转，并罚俸一年。荐举高邮知州事，因之受阻。十月，尹继善入京见高宗，袁枚赋诗相送，也有乞归之意。

◎ **1748 年（乾隆十三年）33 岁。**

正月，苏州友人唐静涵以家婢方聪娘赠给袁枚。秋天，得家书，闻母章氏病，心忧不已，时又染痁疾，于是上书尹继善，托病辞官。

◎ **1749 年（乾隆十四年）34 岁。**

正月初一抵达钱塘家中，与家人相聚甚欢。十五日启程，带堂弟袁树、外甥陆建一起回到金陵。

◎ **1750 年（乾隆十五年）35 岁。**

春，堂弟树还杭州应童子试，不久入泮成为生员。五月，袁枚在苏州卧病，得薛雪救治乃除。

◎ **1751 年（乾隆十六年）36 岁。**

闰五月十三日，黄廷桂离任，尹继善三授江南总督之职，袁枚闻讯，喜而赋诗。闰五月末，归随园。时家居有年，余禄荡然，于是有再仕之意。

◎ **1752 年（乾隆十七年）37 岁。**

正月十二日，北上入都，准备复仕。二月，得讯将官陕西，颇感意外。三月离京，历直隶、河南入陕。六月，父亲袁滨卒于江宁。九月，袁枚接父亡讯，即刻南归。冬，抵达随园，以未获视先父含殓为恨。

◎ **1754年（乾隆十九年）39岁。**

正月，随园广种梅花。二月，应尹继善之招，赴清江浦。时于署中交尹继善第六子庆兰，一见倾心。庆兰不慕功名，性喜诗。五月，堂弟袁树往安徽寿春，袁枚赋诗送之。

◎ **1755年（乾隆二十年）40岁。**

三月，尹继善屡遣人探望袁枚，袁枚拜谒尹继善，时见赵翼去年题诗，喜而赋答。袁枚与赵翼的交往自此始。

◎ **1756年（乾隆二十一年）41岁。**

三月初，袁枚赴杭州扫墓。

◎ **1758年（乾隆二十三年）43岁。**

与郑板桥等人初交。二人相见于扬州。

◎ **1759年（乾隆二十四年）44岁。**

八月，刈稻滁州，新娶大金姬。袁枚共有侧室六人，是为陶姬、方姬、陆姬、钟姬、大金姬、小金姬。十一月十三日，三妹袁机卒于随园，年仅四十。

◎ **1760年（乾隆二十五年）45岁。**

二月二十八日，沈凤之子卒，袁枚见所藏旧画中有书己之旧赠者，感而赋诗。次女珍姑生，陆姬所出。

◎ **1761年（乾隆二十六年）46岁。**

二月，沈德潜《国朝诗别裁集》重刻成印，集中增补袁枚三妹袁机之作，而颇有改动。

◎ **1764年（乾隆二十九年）49岁。**

正月，闻柴致远客死于广西，赋长诗哭之。二月八日，三女良姑生，陆姬所出。春，连襟吕文光卒，袁枚后为作哀辞。

◎ 1765 年（乾隆三十年）50 岁。

闰二月，袁枚嘱无锡吴省曾作《随园雅集图》，图中绘沈德潜、蒋士铨、庆兰、陈熙及袁枚五人。十月，抵杭州，往见钱维城，嘱题《随园雅集图》。冬，过苏州，见孀女成姑，为之伤怀。十一月十三日，归江宁。

◎ 1766 年（乾隆三十一年）51 岁。

本年手编骈、散文及韵语、杂著数十卷，并撰《子不语》一种，已小有规模。后见元人说部有雷同者，乃改为《新齐谐》。

◎ 1767 年（乾隆三十二年）52 岁。

孀女成姑卒，哭以诗。十一月，葬三妹袁机、陶姬等四人于上元之羊山。本年赋《续诗品》三十二首，尽写作诗之苦心。

◎ 1768 年（乾隆三十三年）53 岁。

三月，仿西湖山水之意，营构随园，略有所成，因作《随园五记》记之。十二月二十九日，蒋士铨为袁枚题《随园雅集图》。十二月，三女良姑夭，年方五岁。袁枚赋诗哭之，蒋士铨闻讯，也为诗悼之。

◎ 1769 年（乾隆三十四年）54 岁。

三月二十四日，第五女阿如生，陆姬出。九月七日，沈德潜卒，袁牧赋诗悼之，后又为撰神道碑。秋，风传江宁知府刘墉欲逐袁枚归杭州，一时间亲朋好友，咸来问讯。十二月六日，葬父于小仓山北。当时已置己之生圹于旁边。

◎ 1770 年（乾隆三十五年）55 岁。

五月，作《随园六记》。

◎ 1771 年（乾隆三十六年）56 岁。

四月二十二日，尹继善卒，袁枚闻讯，赋长诗悼之，有“知己一生休”之叹。次年，为撰神道碑。

◎ 1775 年（乾隆四十年）60 岁。

三月二日，袁枚六十寿辰，时仍在苏州，欲招名妓百人作会，而终未知其数。秋，袁树以丁母忧归江宁，居处与随园相近，因与袁枚时相往返。十月十四日，袁树得第二子，过继袁枚为嗣，取名袁通。

◎ **1776年（乾隆四十一年）61岁。**

正月，闻座主邓时敏亡讯，赋诗哭之。三月，陶易迁江宁布政使，袁枚赋诗为贺。七月十一日，袁通生母韩姬卒。

◎ **1777年（乾隆四十二年）62岁。**

六月十三日，袁枚纳钟姬。夏，赵翼读袁枚《小仓山房集》，为赋题词三首。十二月，袁树将赴四川宁远为官，袁枚赋诗送之。

◎ **1778年（乾隆四十三年）63岁。**

二月九日，母亲章氏卒，年九十四，袁枚悲恸不已。七月二十三日，钟姬生一子。袁枚嗔其来迟，因以"阿迟"名之。

◎ **1779年（乾隆四十四年）64岁。**

三月，赵翼来游杭州，二人相见甚欢。

◎ **1781年（乾隆四十六年）66岁。**

八月，罗聘来江宁，袁枚为其所画《丁敬身像》《鬼趣图》题诗。九月九日，袁枚邀罗聘等集随园赏芙蓉。十月十八日，交刘霞裳。后刘入随园门下。

◎ **1782年（乾隆四十七年）67岁。**

正月二十七日，偕刘霞裳同游天台、雁荡。五月二十七日，归随园。

◎ **1783年（乾隆四十八年）68岁。**

四月六日，偕刘霞裳同游黄山。四月二十五日，黄景仁卒于赴陕途中，袁枚闻讣，赋诗哭之，有"叹息清才一代空"之语。时与安徽按察使袁鉴有过从。旋过五溪、贵池、桐城。适姚鼐以病家居桐城，遂与袁枚订交。六月五日，袁枚归随园，时两接袁树家书，戒袁枚游山，乃赋诗答之。

◎ **1784年（乾隆四十九年）69岁。**

二月十五日，应袁树之邀，偕刘霞裳南下作岭南之游。四月八日，抵肇庆府，喜晤袁树。七月，往游广州。广东巡抚孙士毅邀袁枚饮，席间告以程晋芳亡讯。袁枚闻讯泣下，乃赋诗志恸。十月初，抵桂林。十月七日，游桂林诸山。十一月，入湖南境，时曾往游衡山。途中追忆程晋芳，凄然有作。十一月二十七日，过长沙府，时过洞庭，往岳阳楼一游。入湖北境，在武昌，往游黄鹤楼、祢衡墓，旋入江西境。十二月二十六日，过彭泽，阻风江上。

◎ **1785 年（乾隆五十年）70 岁**。

正月初一日，入安徽境。正月十一日，抵随园。三月二日，袁枚七十寿辰，赋诗相纪，一时和者甚众。十二月二日，程晋芳葬于江宁，袁枚往奠，于灵前尽焚程氏借券五千金。时又为作墓志铭一篇。

◎ **1786 年（乾隆五十一年）71 岁**。

八月二十八日，袁枚出发游福建武夷山。九月，过吴江县、杭州，抵武夷山，宿武夷宫。绕道江西，游铅山县积翠岩，复过玉山，入浙江境。十二月，袁枚过苏州、过扬州，往访赵翼。十二月，袁枚返回江宁。

◎ **1788 年（乾隆五十三年）73 岁**。

十月，应吕昌际之邀，重游沭阳。

◎ **1790 年（乾隆五十五年）75 岁**。

本年《随园诗话》正式刊成。

◎ **1791 年（乾隆五十六年）76 岁**。

除夕，以相士寿终之言未验，戏作“告存诗”七章，一时和者甚多。

◎ **1792 年（乾隆五十七年）77 岁**。

四月十三日，在杭州，邀王文治及女弟子等七人，再会于湖楼。闰四月，赋诗留别杭州故人。

◎ **1793 年（乾隆五十八年）78 岁**。

六月，张问陶赋诗见怀，又寄《推袁集》一册来，袁枚感其意，引为生平第一知己。

◎ **1794 年（乾隆五十九年）79 岁**。

二月二十一日，袁枚抵常州，与赵翼等往来。三月十九日，偕李鼎元、刘霞裳等游佘山，时来观者以几十计，桥为之崩一角。

◎ 1795 年（乾隆六十年）80 岁。

正月，袁树赴京补官，袁枚临别黯然，赋诗送之。三月二日，袁枚八十诞辰，先有自寿诗，和者如云。袁枚择其佳者，刻《随园八十寿言》六卷。袁迟也于是日完婚，娶沈荣昌之女全宝。

◎ 1796 年（嘉庆元年）81 岁。

九月九日，袁枚往祭故交沈凤之墓，以年老，怆然赋诗与诀。九月二十日，为夫人王氏庆八十寿，事毕即往苏州。过吴江，访严蕊珠。十一月十三日，张问陶赋诗答袁枚手书。十二月十四日，袁枚还江宁，此次在苏，复识闺秀五人，至此随园女弟子已达二十余人。

◎ 1797 年（嘉庆二年）82 岁。

正月十六日，袁枚病痢，医者误投药，遂至大剧。二月，张复纯馈以大黄，袁枚服之，三剂而愈。六月，痢病复发。闰六月十五日，袁枚自知不起，口述遗嘱。九月二十日，袁枚病又作，旋转剧。自知无望，赋诗留别，是为绝笔。

◎ 1797 年（嘉庆二年）82 岁。

十一月十七日（1798 年 1 月 3 日），袁枚卒，享年八十有二。

袁枚的朋友圈

袁枚的食谱来源主要是南京、苏州、扬州等地的地方官，其次则是富商，因此《随园食单》可以说是当时富裕的上层社会讲究饮食的缩影。但这并不代表《随园食单》中的菜谱便是高贵的奢侈饮食，实际上得以让袁枚加入《随园食单》中的菜谱大多并不稀有昂贵，而是融合了富家的细致与文人品味。

1. 王太守

人物考

王箴舆，清江苏宝应人，字敬倚，号孟亭，清康熙癸未状元王式丹孙。康熙五十一年（1712）壬辰科进士，历官河南渑池县知县。雍正四年（1726）在旧察院建韶山书院，后升卫辉府知府。乾隆二年（1737）于府城南关朝阳寺前立源泉书院坊。王箴舆工诗，与袁枚交好。有《孟亭编年诗》。

宝应王孟亭太守，为楼村先生之孙。丁卯，见访江宁。携胡床坐门外，俟主人请见乃已，遂相得甚欢。聘修江宁志书，朝夕过从。尝言楼村先生教人作诗，以“三山”为师：一香山、一义山、一遗山也。有从子嵩高，字少林，少年倜傥，论诗不服乃伯，而服随园。《大梁怀古》云：“摇落偏惊旅客魂，秋风回首眺中原。三花树色开神岳，万里河声下孟门。形胜郁盘终古在，英雄慷慨几人存？信陵策士俱黄土，独有侯生解报恩。”太守讳箴舆。——《随园诗话·卷九·七》

官职考

太守：战国时对郡守的尊称。汉景帝时成为一郡的最高行政长官。至隋初存州废郡，州刺史代太守。明清时专以知府称。

《随园食单》中与人物相关的饮食

<杂素菜单>王太守八宝豆腐

用嫩片切粉碎，加香蕈屑、蘑菇屑、松子仁屑、瓜子仁屑、鸡屑、火腿屑，同入浓鸡汁中，炒滚起锅。用腐脑亦可。用瓢不用箸。孟亭太守云："此圣祖师赐徐健庵尚书方也。尚书取方时，御膳房费一千两。"太守之祖楼村先生为尚书门生，故得之。

<杂素菜单>瓢儿菜

炒瓢菜心，以干鲜无汤为贵，雪压后更软。王孟亭太守家制之最精。不加别物，宜用荤油。

2. 家致华

人物考

家致华，"家"指本家，与袁枚同姓，即袁致华。据《续子不语·人变鱼》，袁致华为袁枚的从子，曾任淮南分司。据光绪《重修两淮盐法志·职名表》，袁致华可能名为袁宗勋，浙江钱塘县人，监生，乾隆四十三年（1778）通州分司。

注：从子：侄子，古称伯父、叔父为从父，故称侄子为从子。淮南：道名，位于今江苏扬州。

官职考

分司：

1. 明清于都转盐运使司下设分司，省称分司或盐务分司，管理盐务、分管督查各盐场，以运同、运副或运判主持分司事务。

2. 明清设布政、按察使司，刑部有十四司，各有正、副郎之分。家致华分司，为某一分司的一位官员。

《随园食单》中与人物相关的饮食

< 特牲单 > 八宝肉圆

猪肉精、肥各半，斩成细酱，用松仁、香蕈、笋尖、荸荠、瓜、姜之类，斩成细酱，加纤粉和捏成团，放入盘中，加甜酒、秋油蒸之。入口松脆。家致华云："肉圆宜切不宜斩。"必别有所见。

< 水族无鳞单 > 汤鳗

鳗鱼最忌出骨。因此物性本腥重，不可过于摆布，失其天真，犹鲥鱼之不可去鳞也。清煨者，以河鳗一条，洗去滑涎，斩寸为段，入磁罐中，用酒水煨烂，下秋油起锅，加冬腌新芥菜作汤，重用葱、姜之类，以杀其腥。常熟顾比部家，用纤粉、山药干煨，亦妙。或加作料直置盘中蒸之，不用水。家致华分司蒸鳗最佳。秋油、酒四六兑，务使汤浮于本身。起笼时，尤要恰好，迟则皮皱味失。

< 杂素菜单 > 冻豆腐

将豆腐冻一夜，切方块，滚去豆味，加鸡汤汁、火腿汁、肉汁煨之。上桌时，撤去鸡、火腿之类，单留香蕈、冬笋。豆腐煨久则松，面起蜂窝，如冻腐矣。故炒腐宜嫩，煨者宜老。家致华分司用蘑菇煮豆腐，虽夏月亦照冻腐之法，甚佳。切不可加荤汤，致失清味。

3. 高文公

人物考

高晋（1707—1778），字昭德，清朝大臣。凉州总兵高述明第四子、乾隆帝慧贤皇贵妃的堂兄弟。自知县起累迁安徽布政使，兼江宁织造。升安徽巡抚，以治河功劳加封太子少傅，升任江南河道总督、两江总督、文华殿大学士兼吏部尚书、漕运总督，与叔父高斌同列乾隆著名的五督臣。乾隆时期的治河名臣。乾隆四十三年（1778）十二月，病逝于治河工地，年71岁，赐祭葬，谥文端。高氏家族本是八旗汉军旗包衣，雍正十三年（1735）诏令出包衣、抬旗，入满洲镶黄旗，嘉庆二十二年（1817）奉旨，改姓高佳氏。乾隆有诗赞曰：更兼习河务，要任久倚重。

乙亥年，高文端公为江宁方伯，过访随园。余上诗云："邻翁争羡高轩过，上客偏怜小住佳。"亡何，巡抚皖江，将瞻园牡丹移赠随园。余谢云："忘尊偏爱山林客，赠别还分富贵花。"两诗俱以折扇书之。后戊子年，公总制两江，招饮，席间出二扇，宛然如新。余问："公何藏之久也？"公笑曰："才子之诗，敢不宝护？"余自念平日受人诗扇，不下千百，都已拉杂摧烧；而公独能爱惜如此，不觉感叹，因再作诗献。有句云："旧物尚存怜我老，爱才如此叹公难。"后公薨于黄河工所，口吟云："梦中还有梦，家外岂无家？"——《随园诗话·卷十·五五》

官职考

方伯：即布政使，是督抚的僚属，专管一省的财赋和民政。清康熙六年（1667）以后，每省设布政使一员。江苏设二员，分驻江宁和苏州。

巡抚：省级地方政府的长官，总揽一省的军事、吏治、刑狱等，地位略次于总督，仍属平行。

《随园食单》中与人物相关的饮食

<小菜单>腌蛋

腌蛋以高邮为佳，颜色红而油多。高文端公最喜食之。席间，先夹取以敬客。放盘中，总宜切开带壳，黄白兼用；不可存黄去白，使味不全，油亦走散。

4. 庄太守

人物考

庄念农，庄经畲（1711—1765）（畲同畬），江苏常州府武进县人，字井五，一字念农。另说字汇茹，号研农。雍正十年（1732）举人，乾隆二年（1737）进士，授知县，历任建德、盱眙、宁国县知县，泗州、直隶州知州，宁国府知府。知建德县，能雪冤狱。调盱眙，黄水入洪泽，湖岸崩，庄经畲冒雨指挥，水退，人以为神。性强直，遇不平，辄力争之，屡为上官劾奏，至落职，事无验，辄复官。后迁宁国知府卒。著有《研农遗稿》。有族弟名忻，有子名宸选。庄念农与袁枚过从较密，曾同游栖霞山。庄念农曾题赠随园："著手成春，卷中著述皆千古；有官不仕，林下逍遥见一人。"袁枚作与庄念农相关诗文有《坐观垂钓赋为庄念农作》《庄念农明府就按白下予与晴江介庵往讯平安赋诗奉慰》《哭庄念农太守》《庄念农遗稿序》等，《小仓山房文集·卷七》有《宁国府知府庄公传》。

《随园食单》中与人物相关的饮食

<海鲜单>鳆鱼

庄太守用大块鳆鱼煨整鸭，亦别有风趣。但其性坚，终不能齿决。火煨三日，才拆得碎。

5. 陶方伯

人物考

陶易（1714—1778），字经初，号悔轩，山东文登（今威海市文登区）人。乾隆九年（1744）举人，乾隆四十一年（1776）升任江苏布政使，两年后病逝于北京。陶易出身清贫，做官之后能体察民情，心系百姓，节俭廉正，在"雍乾"时代是一位深得民心、口碑甚佳的清官。著有《惜阴诗草》《游雍随笔》《平定杂诗》《平志备采》等。

官职考

方伯：殷周时代一方诸侯之长，后泛称地方长官。汉代的刺史，唐代的采访使、观察使，明清的布政使均称“方伯”。这里指江宁布政使，陶易于乾隆四十一年（1776）三月至四十三年（1778）九月间担任此职。

《随园食单》中与人物相关的饮食

<杂素菜单>葛仙米

将米细检淘净，煮半烂，用鸡汤、火腿汤煨。临上时，要只见米，不见鸡肉、火腿搀和才佳。此物陶方伯家制之最精。

<点心单>陶方伯十景点心

每至年节，陶方伯夫人手制点心十种，皆山东飞面所为，奇形诡状，五色纷披，食之皆甘，令人应接不暇。萨制军云：“吃孔方伯薄饼而天下之薄饼可废，吃陶方伯十景点心而天下之点心可废。”自陶方伯亡，而此点心亦成《广陵散》矣。呜呼！

6. 程立万

人物考

扬州盐商兴起，始于清代的两淮盐运。据传扬州盐商几乎每一家都有头等好厨子，每位厨子都有著名的拿手好菜或点心。程立万为当时的一位淮扬巨贾，他的家厨擅长的即是冠名主人程立万的程立万豆腐。袁枚诗《夜过金贤村明府即席有作》小注中有“程立万赠靴，元官嫌小”。

《随园食单》中与人物相关的饮食

<杂素菜单>程立万豆腐

乾隆廿三年，同金寿门在扬州程立万家食煎豆腐，精绝无双。其腐两面黄干，无丝毫卤汁，微有蛼螯鲜味，然盘中并无蛼螯及他杂物也。次日告查宣门，查曰："我能之！我当特请。"已而，同杭堇莆同食于查家，则上箸大笑：乃纯是鸡、雀脑为之，并非真豆腐，肥腻难耐矣。其费十倍于程，而味远不及也。惜其时，余以妹丧急归，不及向程求方。程逾年亡。至今悔之。仍存其名，以俟再访。

7. 方毓川抚军

人物考

方世俊（？—1770），字毓川，祖籍安徽桐城，迁江苏上元（今南京）。乾隆四年（1739）二甲进士，授户部主事。累迁太仆寺少卿，外授陕西布政使。二十九年（1764）擢贵州巡抚，三十二年（1767）调湖南巡抚。乾隆三十五年（1770）十月，因在贵州巡抚任内婪索刘标货物，并开矿受贿盈千，被处绞刑。传见《清史稿》卷三三九。

官职考

抚军：原指将军。明清时用为巡抚的别称，亦称抚院、抚台、抚宪。

《随园食单》中与人物相关的饮食

<茶酒单>洞庭君山茶

洞庭君山出茶，色味与龙井相同。叶微宽而绿过之。采掇最少。方毓川抚军曾惠两瓶，果然佳绝。后有送者，俱非真君山物矣。

8. 常州刘文定公

人物考

刘纶（1711—1773），字慎涵，号绳庵，清江苏武进（今常州）人。乾隆元年（1736）以廪生举鸿博，授编修。入两江总督尹继善幕。十四年（1749）入值南书房，旋任军机大臣。官至文渊阁大学士，兼工部尚书。久值军机，为高宗所倚重。与刘统勋同辅政，有“南刘东刘”之称。卒谥文定。擅古文辞，亦能诗。著有《绳庵内外集》。

官职考

相国：秦以后成为辅佐皇帝的最高官职，为百官之首。清代内阁大学士雅称相国。

《随园食单》中与人物相关的饮食

<茶酒单>常州兰陵酒

唐诗有“兰陵美酒郁金香，玉碗盛来琥珀光”之句。余过常州，相国刘文定公饮以八年陈酒，果有琥珀之光，然味太浓厚，不复有清远之意矣。宜兴有蜀山酒，亦复相似。至于无锡酒，用天下第二泉所作，本是佳品，而被市井人苟且为之，遂至浇淳散朴，殊可惜也。据云有佳者，恰未曾饮过。

9. 钱观察

人物考

钱琦（1709—1790），字相人，一字湘纯，号玙沙，晚号耕石老人，浙江仁和（今浙江杭州）人。乾隆二年（1737）进士，改庶吉士，授翰林院编修。补河南道监察御史，劾江南总督黄廷贵。历官工科掌印给事中、江安督粮道、江苏按察使、四川布政使，官至福建布政使。乞养归，以原品致仕。好为诗，与袁枚相交五十年。著有《澄碧斋诗钞》十二卷。袁枚作品中对其称呼先后可见“江苏臬使钱玙沙”“钱玙沙方伯”“钱相人方伯”等。

官职考

观察：清代对道员的一种尊称。清时专设分守、分巡道，多兼兵备衔，管辖府、州，成为省以下，府、州以上的行政长官。雅称为观察、观察使。

侍郎：魏晋以后，尚书省成为中央执行政务的总机关。以后尚书各曹逐渐变为部，至隋唐确定为六部，唐代定名为吏、户、礼、兵、刑、工，一直沿用至清。各部以尚书为正长官，侍郎为副长官。

《随园食单》中与人物相关的饮食

<海鲜单>海参三法

海参，无味之物，沙多气腥，最难讨好。然天性浓重，断不可以清汤煨也。须检小刺参，先泡去沙泥，用肉汤滚泡三次，然后以鸡、肉两汁红煨极烂。辅佐则用香蕈、木耳，以其色黑相似也。大抵明日请客，则先一日要煨，海参才烂。常见钱观察家，夏日用芥末、鸡汁拌冷海参丝，甚佳。或切小碎丁，用笋丁、香蕈丁入鸡汤煨作羹。

<特牲单>猪蹄四法

蹄膀一只，不用爪，白水煮烂，去汤；好酒一斤，清酱酒杯半、陈皮一钱、红枣四五个，煨烂。起锅时，用葱、椒、酒泼入，去陈皮、红枣，此一法也。又一法：先用虾米煎汤代水，加酒、秋油煨之。又一法：用蹄膀一只，先煮熟，用素油灼皱其皮，再加作料红煨。有土人好先掇食其皮，号称“揭单被”。又一法：用蹄膀一个，两钵合之，加酒，加秋油，隔水蒸之，以二枝香为度，号“神仙肉”。钱观察家制最精。

<杂牲单>羊肚羹

将羊肚洗净，煮烂切丝，用本汤煨之。加胡椒、醋俱可。北人炒法，南人不能如其脆。钱玙沙方伯家，锅烧羊肉极佳，将求其法。

10. 朱分司

人物考

朱孝纯（1729—1784，一说1735—1801），字子颖，号思堂、海愚，东海（今山东郯城西）人，隶奉天汉军正红旗。因他须髯如戟分两支，故人呼之为戟髯。朱伦瀚（清代著名的指画家）第六子。乾隆壬午（1762）举人，任四川叙永知县，乾隆三十九年（1774）任山东泰安知府，后官至两淮盐运使。因病辞职。晚年官扬州，创梅花书院，扶植文教。师事桐城派大家刘大櫆，受古文法，诗更能取师说而变化用之，歌行沉郁，近体清遒。兼工画，山水最为有名，尤擅孤松怪石，为官泰安时曾画《泰岱全图》。撰《海愚诗钞》。

王梦楼为诵其佳句云："一水涨喧人语外，万山青到马蹄前。"——《随园诗话·卷五·六五》

官职考

转运使：唐代始设。初称水陆发运使，后设诸道转运使，分掌水陆转运和全国谷物财货转输、出纳。宋初改设专职都转运使和转运使，掌一路或数路财赋，后又兼理边防、治安、钱粮、巡察等，成为居府州之上的行政官职。元、明、清设都转盐运使，专管盐务。

《随园食单》中与人物相关的饮食

<水族无鳞单>红煨鳗

鳗鱼用酒、水煨烂，加甜酱代秋油，入锅收汤煨干，加茴香大料起锅。有三病宜戒者：一皮有皱纹，皮便不酥；一肉散碗中，箸夹不起；一早下盐豉，入口不化。扬州朱分司家制之最精。大抵红煨者，以干为贵，使卤味收入鳗肉中。

11. 杨中丞

人物考

杨魁（？—1782），字梅村，汉军正黄旗。初任江苏苏松太道，乾隆三十六年（1771）授安徽按察使，迁安徽布政使。四十一年（1776）三月授江苏巡抚。四十五年（1780）四月改陕西巡抚，同月调河南巡抚，十月丁忧。四十六年（1781）五月署福建巡抚。四十七年（1782）三月以病免职，五月回京，卒于途中。袁枚《江西方伯杨西峰巡抚江苏五月受篆寄贺四章》：“记否当年聚白门，两家灯火话黄昏。一餐不作常宾待，万事都从绝顶论。”下并附一行小字“公精厨馔，他客不得与”。乾隆四十六年（1781）五月，杨魁移署福建巡抚之后不久，袁枚曾撰书信《寄福建抚军杨西峰》。

官职考

中丞：汉代御史大夫的属官有中丞。后御史大夫转为大司空，中丞即为御史台之长，历代多沿置。清代以都察院右副都御使为巡抚的兼衔，相当于古代的“御史中丞”，故又用作对巡抚的尊称。

刺史：官阶低于郡守，为巡察官性质；元代以后，刺史一职名废。至清代则为知州的别称。

《随园食单》中与人物相关的饮食

<海鲜单>鳆鱼

鳆鱼炒薄片甚佳。杨中丞家削片入鸡汤豆腐中，号称“鳆鱼豆腐”，上加陈糟油浇之。

<羽族单>焦鸡

肥母鸡洗净，整下锅煮。用猪油四两、茴香四个，煮成八分熟，再拿香油灼黄，还下原汤熬浓，用秋油、酒、整葱收起。临上片碎，并将原卤浇之，或拌蘸亦可。此杨中丞家法也。方辅兄家亦好。

<杂素菜单>杨中丞豆腐

用嫩腐，煮去豆气，入鸡汤，同鳆鱼片滚数刻，加糟油、香蕈起锅。鸡汁须浓，鱼片要薄。

<点心单>杨中丞西洋饼

用鸡蛋清和飞面作稠水，放碗中。打铜夹剪一把，头上作饼形，如碟大，上下两面，铜合缝处不到一分。生烈火烘铜夹，撩稠水，一糊一夹一熯，顷刻成饼，白如雪，明如绵纸。微加冰糖、松仁屑子。

12. 刘方伯

人物考

刘墫，字象山，号松坪，诸城（今山东省高密市柴沟镇逄戈庄）人，刘墉（石庵）四祖父刘棨的孙子，即刘墉的从兄。乾隆二十五年（1760）进士，散馆改主事，历任陕西学政、陕西按察使，乾隆四十四年（1779）至乾隆五十一年（1786）任江宁布政使。

《随园食单》中与人物相关的饮食

<点心单>刘方伯月饼

用山东飞面作酥为皮，中用松仁、核桃仁、瓜子仁为细末，微加冰糖和猪油作馅。食之，不觉甚甜，而香松柔腻，迥异寻常。

13. 叶比部

人物考

溧水柘塘叶继雯，清藏书家。字桐封，号云素，湖北汉阳人，叶开泰药号第五代传人，叶志诜父。乾隆五十五年（1790）进士，官内阁中书，累擢至刑科给事中，以事左迁员外郎。朝廷进奉文字，大多出其手，由此为大臣阿桂所赏识，大学士王杰、刘墉皆倚重之。有《竑林馆诗集》等。

官职考

比部：明清时对刑部及其司官的习称。

《随园食单》中与人物相关的饮食

<茶酒单>溧阳乌饭酒

余素不饮。丙戌年，在溧水叶比部家，饮乌饭酒至十六杯，傍人大骇，来相劝止。而余犹颓然，未忍释手。其色黑，其味甘鲜，口不能言其妙。据云：溧水风俗，生一女必造酒一坛，以青精饭为之，俟嫁此女才饮此酒。以故极早亦须十五六年，打瓮时只剩半坛，质能胶口，香闻室外。

14. 龙文

人物考

袁龙文，名枝隐，袁枚的从弟，妻黄桢（雅宜）。《随园诗话补遗·卷一·六二》有“龙文候补粤西”。乾隆四十九年（1784）袁枚有诗《四月十六日端州杨兰坡明府、刘瓒华参戎、彭蔼堂别驾、族弟龙文公宴晚香堂》，袁树《红豆村人诗稿》记叙同一事中曰“家枝隐弟”。

《随园食单》中与人物相关的饮食

<特牲单>烧小猪

小猪一个，六七斤重者，钳毛去秽，叉上炭火炙之。要四面齐到，以深黄色为度。皮上慢慢以奶酥油涂之，屡涂屡炙。食时酥为上，脆次之，硁斯下矣。旗人有单用酒、秋油蒸者，亦佳。吾家龙文弟颇得其法。

15. 杨公

人物考

杨国霖（1731—1794），字兰坡，河北固安人。监生出身，曾任广东英德、高要（今广东肇庆）知县，广州府通判。乾隆四十九年（1784），袁枚出游岭南，尝与之过从。

高要令杨国霖兰坡，作吏三十年，两膺卓荐，傲兀不羁，与余相见端江，束脩之馈，无日不至。闻余游罗浮归，乞假到鼎湖延候，以诗来迎云："山麓峰峦秀色殊，如何海内姓名无？全凭大雅如椽笔，为我湖山补道书。"道书：海内洞天二十四，福地三十六，鼎湖不与焉。"杖履闲从天上来，教人喜极反成猜。飞骑为报湖山桂，不到山门不许开。"及余归时，送至十里外，临别泣下，《口号》云："送公自此止，思公何时已？有泪不轻弹，恐溢端江水。"——《随园诗话·卷十·六十五》

官职考

明府：清代官场中客气时称官衔，不直接称正式官衔，而用代称，知府称"明府"。

《随园食单》中与人物相关的饮食

<海鲜单>燕窝

燕窝贵物，原不轻用。如用之，每碗必须二两，先用天泉滚水泡之，将银针挑去黑丝。用嫩鸡汤、好火腿汤、新蘑菇三样汤滚之，看燕窝变成玉色为度。此物至清，不可以油腻杂之；此物至文，不可以武物串之。今人用肉丝、鸡丝杂之，是吃鸡丝、肉丝，非吃燕窝也。且徒务其名，往往以三钱生燕窝盖碗面，如白发数茎，使客一撩不见，空剩粗物满碗。真乞儿卖富，反露贫相。不得已，则蘑菇丝、笋尖丝、鲫鱼肚、野鸡嫩片，尚可用也。余到粤东，杨明府冬瓜燕窝甚佳，以柔配柔，以清入清，重用鸡汁、蘑菇汁而已。燕窝皆作玉色，不纯白也。或打作团，或敲成面，俱属穿凿。

<特牲单>杨公圆

杨明府作肉圆，大如茶杯，细腻绝伦。汤尤鲜洁，入口如酥。大概去筋去节，斩之极细，肥瘦各半，用纤合匀。

<羽族单>卤鸭

不用水，用酒煮。鸭去骨，加作料食之。高要令杨公家法也。

<水族无鳞单>剥壳蒸蟹

将蟹剥壳，取肉、取黄，仍置壳中，放五六只在生鸡蛋上蒸之。上桌时完然一蟹，惟去爪脚。比炒蟹粉觉有新色。杨兰坡明府以南瓜肉拌蟹，颇奇。

16. 蒋御史

人物考

蒋和宁（1709—1786），清诗文家，字用庵，号耦渔，阳湖（今常州市区）人。蒋汾功子。乾隆十七年（1752）进士。选庶吉士，授编修，官至湖广道监察御史，典贵州乡试。后因丁母忧，回家守孝，旋以事罢官。工诗词，善作文。同乡赵怀玉称其“寓思深婉，得温柔敦厚之旨”。法式善称其诗“皆能以工炼出之，不作凡响”。曾参与《御批通鉴辑览》中《笺释》部分编修，续成《武进县志》卷首一卷、《阳湖县志》十二卷。

官职考

御史：秦以前本为史官，以后随职务不同而称，如侍御史、监察御史等。明、清专设监察御史，隶都察院，以监察御史分道纠察，员额甚多。另有派遣监察御史巡察各地者，分任各种任务，如巡按御史、巡盐御史、巡漕御史、巡城御史、巡漕御史等。亦称“侍御”。

《随园食单》中与人物相关的饮食

<羽族单>蒋鸡

童子鸡一只，用盐四钱、酱油一匙、老酒半茶杯、姜三大片，放砂锅内隔水蒸烂，去骨，不用水。蒋御史家法也。

17. 蒋侍郎

人物考

蒋赐棨（1730—1802），字戟门，江苏常熟人。出身常熟蒋氏望族，祖父蒋廷锡、父蒋溥均官至大学士。贡生出身。历任云南府知府、江安督粮道、两淮盐运使、山东盐运使、户部左侍郎、顺天府府尹、光禄寺卿，官至户部侍郎，仓场总督。

蒋戟门观察招饮，珍羞罗列，忽问余：“曾吃我手制豆腐乎？”曰：“未也。”公即着犊鼻裙，亲赴厨下。良久擎出，果一切盘餐尽废。因求公赐烹饪法。公命向上三揖；如其言，始口授方。归家试作，宾客咸夸。毛俟园广文调余云：“珍味群推郇令庖，黎祈尤似易牙调。谁知解组陶元亮，为此曾经三折腰。”——《随园诗话·卷一三·七九》

官职考

侍郎：魏晋以后，尚书省成为中央执行政务的总机关。以后尚书各曹逐渐变为部，至隋唐确定为六部，唐代定名为吏、户、礼、兵、刑、工，一直沿用至清。各部以尚书为正长官，侍郎为副长官。

《随园食单》中与人物相关的饮食

<杂素菜单>蒋侍郎豆腐

豆腐两面去皮，每块切成十六片，晾干。用猪油熬，清烟起才下豆腐，略洒盐花一撮；翻身后，用好甜酒一茶杯，大虾米一百二十个；如无大虾米，用小虾米三百个；先将虾米滚泡一个时辰，秋油一小杯，再滚一回，加糖一撮，再滚一回，用细葱半寸许长、一百二十段，缓缓起锅。

<杂素菜单>豆腐皮

将腐皮泡软，加秋油、醋、虾米拌之，宜于夏日。蒋侍郎家，入海参用，颇妙。加紫菜、虾肉作汤，亦相宜。或用蘑菇、笋煨清汤，亦佳。以烂为度。芜湖敬修和尚，将腐皮卷筒切段，油中微炙，入蘑菇煨烂，极佳。不可加鸡汤。

18. 何春巢

人物考

何承燕（1740？—1800），字春巢，号以嘉，自署六朝词客、卖花道人，仁和（今浙江杭州）人。何廷模长子，乾隆三十九年（1774）顺天副贡，先后官浙江德清、东阳教谕。工词曲，为袁枚所深赏，称其“年少耳聋，风情独绝”。与黄振、江大锐相友善。著有《春巢诗钞》《春巢诗余》，散曲集名《春巢乐府》，收套数十五套。又有游戏之作四套。

《随园食单》中与人物相关的饮食

<水族无鳞单>鲜蛏

烹蛏法与蚌螯同，单炒亦可。何春巢家蛏汤豆腐之炒，竟成绝品。

19. 吴竹屿

人物考

吴泰来（?—1788），字企晋，号竹屿，江苏长洲（今苏州）人。祖父吴铨，父亲吴用仪，皆为藏书之家。清朝乾隆九年（1744）由副贡生进校官，任宿松县教谕，才情逸秀，与王昶、王鸣盛、钱大昕、赵文哲、曹仁虎、黄文莲等称“吴中七子”。乾隆二十五年（1760）进士，逾二年召试赐内阁中书，竟不赴官。五十二年（1787）受毕沅聘为关中、大梁书院山长，与洪亮吉、钱泳诸人饮酒赋诗，往还唱和无虚日。筑“遂初园”于木渎山，藏书数万卷，以宋、元椠本为多。《清史稿·列传》记其：“家有遂初园，藏书数万卷，寝馈凡十余年。”有一诗集名《渔洋》，著有《净名轩集》《砚山堂集》《吴中七子诗合刊》行世。

吴君企晋，名泰来，号竹屿，长洲人也。……乾隆庚辰成进士，召试，赐内阁中书，而君自少无宦情，壮益甚，遂不赴补。同年生毕中丞沅招主关中书院，携家往。后又偕至开封。年六十余卒。著有《净名轩集》。——《国朝耆献类征初编》

《随园食单》中与人物相关的饮食

<水族无鳞单>汤煨甲鱼

将甲鱼白煮，去骨拆碎，用鸡汤、秋油、酒煨汤二碗，收至一碗，起锅，用葱、椒、姜末糁之。吴竹屿家制之最佳。微用纤才得汤腻。

20. 太兴孔亲家

孔雩谷，孔继榦（1746—1817），一作继澣，字阴泗，号云谷；一作樗谷，自署铁骨道人，山东曲阜人。孔子裔。乾隆孝廉，四十九年（1784）任江都知县，后为松江知府。工墨梅，尤善写影，有横斜浮动之趣。兼工篆刻，家藏汉印甚多。袁枚尺牍有《与孔雩谷亲家》。

《随园食单》中与人物相关的饮食

< 羽族单 > 野鸭团

细斩野鸭胸前肉，加猪油、微纤，调揉成团，入鸡汤滚之，或用本鸭汤亦佳。太兴孔亲家制之，甚精。

香菇

［别名］香蕈、香信、栎菌、板栗菌、合蕈、台蕈、台菌、雷惊蕈、石蕈、椎蕈、香菰。

［来源］为白蘑科菌香菇 *Lentinus edodes (Berk.) Sing.* 的子实体。秋冬春生于栎、栲、青冈、枫香、阿丁枫、鹅耳枥、蚊母树、水冬瓜等200多种阔叶树的倒木上。全国大部分地区均有分布。已广泛进行人工栽培。

［采制］药用子实体。子实体长到六七分成熟，边缘仍向内卷曲，菌盖尚未全展开，就应该及时采收，然后用火烤、电烤或日晒干燥，野生者于秋、冬及春季采收，晒干备用。深层发酵培养菌丝体亦可供药用。

［形态］子实体群生或丛生。菌盖初扁半球形，后渐平展，有时中间稍下凹，宽4–15厘米，淡褐色、茶褐色至黑褐色，有时有菊花状龟裂露出菌肉，幼时盖缘有白色至淡褐色棉毛状的菌膜，后期消失，以小破片残留于盖缘。菌肉白色，厚。菌褶弯生至直生，稠密不等长，白色。菌柄中生或偏生，近圆柱形或稍扁，长3–6厘米，粗0.5–1厘米，上部白色，下部白色至褐色，内实，菌环以下常覆有鳞片。菌环丝膜状，易消失。

［性味］性平味甘。

［功效］扶正补虚，疏风解表，祛风透疹，化痰理气，健脾

开胃，补血止血，解毒，抗癌。

［主治］正气衰弱、神倦乏力、盗汗、小便不禁、水肿，纳呆、消化不良，贫血，各种出血，佝偻病，麻疹透发不畅、荨麻疹，高血压病，高脂血症，慢性肝炎，毒菇中毒，肿瘤。

［成分］

1. 化学成分：含1-辛烯-3-醇、2-辛烯-1-醇等挥发性物质，γ-谷氨酰基烟草香素、酵母氨酸等肽类化合物及氨基酸，香菇嘌呤，三磷酸腺苷、二磷酸腺苷、5'-磷酸腺苷等核苷酸类化合物，麦角固醇，麦角甾-5，7二烯-3β-醇，香菇多糖，原维生素D_2，牛磺酸，甲醛，2（*R*），3（*R*）-二羟-4-（9-腺嘌呤基）丁酸，2（*R*）-羟基-4-（9-腺嘌呤基）丁酸，葡聚糖，水溶性杂半乳聚糖。还含多酚氧化酶，葡萄糖苷酶，葡萄糖淀粉酶。

2. 营养成分：每100g干品香菇中含蛋白质13g，脂肪10g，碳水化合物12g，纤维素32g，维生素$B_1$2.34mg，维生素$B_2$3.26mg，维生素C6.2mg，维生素D128U，维生素PP2.78mg，钙124mg，磷32.2mg，铁25.3mg，还含有18种氨基酸，其中7种是人体必需的，此外谷氨酸、精氨酸含量较多。

［药理作用］本品具有调节免疫、抗肿瘤、抗病毒、抗肝炎、抗凝血、抗氧化等作用。

1. 降血脂作用：高血脂患者服用香菇有效成分，可使三酰甘油、磷脂、总脂及非酯型脂肪酸均有所下降，停药后血脂质稍上升，再给药又可下降。

2. 免疫调节作用：香菇多糖能使氢化可的松诱发小鼠腹腔巨噬细胞功能低下和外周血T淋巴细胞百分率减少，醋酸氢化泼尼松诱发小鼠网状内皮系统吞噬功能降低恢复正常。

3. 抗血小板凝集作用：香菇提取物在体内外试验，均能显著抑制ADP诱导的家兔血小板聚集。

4. 抗肿瘤作用：香菇多糖能使荷瘤式或感染后机体的免疫应答得以提高，促进体外淋巴细胞培养物的转化作用，从而对自体肿瘤和移植性肿瘤细胞的抑制产生疗效。

5. 护肝作用：香菇多糖可显著降低 CCl_4、硫代乙酰胺和强的松龙引起的小鼠或大鼠的 ALT 升高，并可拮抗 CCl_4 肝损伤小鼠的肝糖原含量降低，具有保肝解毒作用。

鸡腿菇

［别名］鸡腿蘑、毛头伞、毛头鬼盖、牛粪菌、马屎菌。

［来源］为伞菌科真菌毛鬼伞 *Coprinus comatus* (Mueli. ex Fr.) Gary. 的子实体。春至秋生于林下草丛中、庭院空地或秸秆上，有时生长在有机肥比较丰富的田野。国内已进行人工栽培。主产于河北、山西、辽宁、吉林、黑龙江、江苏、福建、青海、四川等地。

［采制］药用子实体。在子实体呈白色时采摘，洗去泥沙，立即放于水中煮沸 3 分钟取出，晒或烘干备用。

［形态］子实体单生或群生。菌盖初圆柱形、腰鼓形，高 9–11 厘米，直径 5–6.5 厘米，后呈钟形至平展，初白色，后渐变淡锈色。菌肉白色，较薄。菌柄圆柱形，基部稍膨大，长 7–24 厘米，粗 1–1.7 厘米，白色，光滑。

［性味］性平味甘。

［功效］健胃消食，清神宁志，养阴益肝，消痔止痛。

［主治］消化不良、食欲不振，神疲乏力，糖尿病，慢性肝炎，痔疮疼痛。

［成分］

化学成分：含氨基酸，镁、钙、锌等无机元素，腺嘌呤、胆碱、精胺、酪胺和色胺等生物碱，以及甾醇脂等。

［药理作用］本品具有抗肿瘤、降血糖等作用。

1. 用风干子实体粉喂养正常的鼠，可使血浆浓度下降，葡萄糖耐量提高，提示毛头鬼伞具降低血糖、而又不增加胰岛素浓度的作用。

2. 子实体提取物对小鼠肉瘤 S–180 及艾氏腹水癌具有抑制活性。

3. 小孢毛鬼伞多糖有降低血压、减慢心率、增加心血输出量及加快呼吸的作用。

［使用注意］不宜与酒同食。

木耳

［别名］黑木耳、木菌、云耳、耳子、光木耳、细木耳、木茸、米给沙木（蒙古）、勃肾（朝鲜）。

［来源］为木耳科真菌木耳 *Auricularia auricula* (L. ex Hook.) Underw. 的子实体。夏秋季生于栎、榆、杨、洋槐、榕等多种阔叶树的枯腐木上。全国大部分地区均有分布。现已广泛进行人工栽培。

［采制］药用子实体。夏、秋季采收，采摘后放到烘房中烘干，温度由35℃逐渐升高到60℃，烘干备用。

［形态］子实体胶质，有弹性，浅圆盘状、耳状、花瓣状或不规则形，宽2–12厘米，新鲜时软，干后收缩。背面暗青褐色，有短毛。腹面光滑或稍有皱纹，红褐色或棕褐色，成熟时可见白色霜状物。

［性味］性平味甘，生用性寒，熟用炒黑性温。

［功效］补益气血，舒筋活络，润肺止咳，止血活血。

［主治］气血亏虚，阴虚肺燥、咳嗽咯血，胃津不足、肠津亏乏之咽干口燥、大便燥结，各种出血如衄血、血痢、痔疮出血、妇女崩漏，跌打伤痛、血脉阻滞、四肢麻木，高血压病、动脉硬化，眼底出血。

［成分］

1. 化学成分：木耳含木耳多糖，由 *L*– 岩藻糖、*L*– 阿拉伯糖、*D*– 木糖、*D*– 甘露糖、*D*– 葡萄糖即葡萄糖醛酸等组成。菌丝体含外多糖，还含麦角固醇、黑刺菌素。

2. 营养成分：木耳每100g(食部96%)含蛋白质12.1g，脂肪1.5g，碳水化合物35.7g，膳食纤维29.9g，灰分5.3g，胡萝卜素100μg，维生素A17μg，维生素 $B_1$0.17mg，维生素 $B_2$0.44mg，维生素PP2.5mg，维生素E11.34mg，钾

757mg，钠 48.5mg，钙 247mg，镁 152mg，铁 97.4mg，锰 8.86mg，锌 3.18mg，铜 0.32mg，磷 292mg，硒 3.72mg。

［药理作用］本品具有增强免疫、抗肿瘤、抗突变、抗衰老、抗炎、抗辐射、抗溃疡、抗凝血、降血脂、抗动脉粥样硬化、降血糖等作用。

1. 降血糖作用：木耳多糖对四氧嘧啶糖尿病小鼠高血糖有防治作用。

2. 降血脂作用：木耳多糖能明显降低高脂血症大鼠血清游离胆固醇、胆固醇酯、三酰甘油、β－脂蛋白含量，降低高胆固醇引起的小鼠高胆固醇血症的形成。

3. 抑制血小板聚集：腺苷及相关的几种水溶性低分子物，能明显延长凝血酶原时间及抑制血小板聚集的浓度，证明腺苷是一种强效血小板聚集抑制剂。

4. 抗血栓形成：木耳多糖可明显延长家兔特异性血栓及纤维蛋白血栓的形成时间，缩短血栓长度，减少血小板数，降低血小板粘附率和血液粘度，降低血浆纤维蛋白原含量，升高纤溶酶活性，具有明显抗血栓形成的作用。

5. 提高机体免疫功能：木耳多糖对机体免疫功能有明显促进作用，包括增加脾指数、半倍溶血值和 E 玫瑰花结形成率，促进巨噬细胞吞噬功能和淋巴细胞转化率，增强机体细胞免疫和体液免疫功能，具有显著抗肿瘤活性。

6. 抗衰老作用：木耳多糖可使小鼠心肌组织褐脂质含量下降，使脑和肝中超氧化物歧化酶活力增加。

7. 对组织损伤有保护作用：木耳多糖有明显增强核酸和蛋白质代谢的作用，能增加肝微粒体含量，促进血清蛋白质的生物合成，增强机体抗病能力。

8. 改善心肌缺氧：木耳多糖能延长小鼠常压耐缺氧实验的生存时间，提高生存率，揭示其对改善缺血心肌对氧的供求失调有一定作用。

9. 抗溃疡作用：木耳多糖能明显抑制大鼠应激型溃疡的形成，促进醋酸型胃溃疡的愈合。

10. 抗放射作用：木耳多糖抗放射作用优于银耳多糖，能对抗由环磷酰胺引起的白细胞降低。

银耳

［别名］白木耳、白耳子、雪耳、白菜。

［来源］为银耳科真菌银耳 *Tremella fuciformis* Berk. 的子实体。为夏秋季生长在阔叶树的枯腐木上的一种弱性腐生菌。现已广泛进行人工栽培，主产在四川、贵州、湖北、福建等地。

［采制］药用子实体。4–9 月采收。当耳片开齐停止生长时，应及时采收；清水漂洗 3 次后，及时晒干或烘干。

［形态］子实体由许多宽而薄的卷曲瓣片组成。瓣片不分叉，呈菊花状或鸡冠状，乳白色或微带黄色，半透明，胶质，直径 5–10 厘米，基部黄褐色。子实层遍布瓣片表面，孢子近球形，透明无色。

［性味］性平，味甘淡，无毒。

［功效］润肺生津，滋阴养胃，益气和血，补髓强心。

［主治］肺热咳嗽，咳痰带血，津少口渴，便秘下血，月经不调，心悸失眠，病后体虚、气短乏力。

［成分］

1. 化学成分：含银耳子实体多糖 (TP)，银耳孢子多糖 (TSP)，多糖 TP–1，糖蛋白 TP，细胞壁多糖，葡萄糖醛酸木糖甘露聚糖，中性多糖，酸性杂多聚糖 AC、BC。所含脂质成分，甾醇为麦角甾醇、麦角甾烯醇，脂肪酸为十一烷酸到十六烷酸、十八烷酸及十六碳烯酸、十八碳烯酸、十八碳二烯酸，磷脂为磷脂酰甘油、磷脂酰乙醇胺、磷脂酰丝氨酸、磷脂酰胆碱和磷脂酰肌醇。此外，葡菌丝中含萨尼丹宁 A、B、C、D。

2. 营养成分：银耳每 100g(食部 96%) 含蛋白质 10g，脂肪 1.4g，碳水化合物 36.9g，膳食纤维 30.4g，灰分 6.7g，胡萝卜素 50μg，维生素 A8μg，维生素 $B_1$0.05mg，维生素 $B_2$0.25mg. 维生素 PP5.3mg，维生素 E1.26mg，钾 1588mg，钠 82.1mg，钙 36mg，镁 54mg，铁 4.1mg，锰 0.17mg，锌 3.03mg，铜 0.08mg，磷 369mg，硒 2.95mg。

［药理作用］本品具有调节免疫、抗肿瘤、抗突变、抗凝、抗栓、促进生血等作用。

1. 对免疫功能的影响：银耳多糖对小鼠网状内皮系统（RES）有明显的激活作用，能显著提高腹腔巨噬细胞功能。银耳多糖能促进健康人和癌症病人的 T 淋巴细胞和 B 淋巴细胞的转化率，还具有干扰素促诱生效应。

2. 抗放射作用与促进骨髓造血机能：银耳多糖能明显提高实验小鼠受致死剂量 ^{60}Cor– 射线照射的存活率，减轻 ^{60}Cor– 射线所致骨髓抑制；改善实验动物的出血、感染和拒食症状。证明银耳多糖可减轻理化因素对骨髓造血组织的损伤，兴奋骨髓造血功能，在临床上应用于白细胞减少症有一定价值。

3. 促进蛋白质和核酸的生物合成：银耳多糖和银耳孢子多糖均能促进 3H–亮氨酸（3H–Leu）掺入小鼠血清蛋白质，还能促进 3H–Leu 掺入小鼠肝脏蛋白质，使肝脏合成蛋白质能力增加。

4. 抗炎作用：银耳孢子多糖可显著减轻甲醛所致大鼠足跖肿胀，对急性渗出—水肿型炎症有显著拮抗作用。

5. 抗肿瘤作用：银耳多糖具有一定抗肿瘤活性，其作用机制是增强机体的抗肿瘤免疫能力，间接抑制肿瘤生长。

6. 对心血管系统的作用：银耳多糖可明显降低高脂血症大鼠血清游离胆固醇、三酰甘油、β – 脂蛋白含量；降低血小板粘附率和血液粘度。

［使用注意］风寒咳嗽者及湿热酿痰致咳者忌用。

松茸

［别名］松茸、松蕈、松蘑、松菌、松树蕈、青岗菌、鸡丝菌、玉姆鲁（纳西族名）。

［来源］为口蘑科真菌松口蘑 *Tricholoma malsatake* (S. Ito et Imai) Sing. 的子实体。秋季生于赤松、墨松及落叶松等松或针阔叶混交林中地上，单生至群生。主产于吉林、黑龙江、安徽、湖北、云南、西藏、台湾等地。

［采制］药用子实体，夏、秋季采，采后晒干或烘干。可用菌苗感染法在松林进行半人工栽培。

［形态］菌盖初半球形，后渐平展，宽 5–30 厘米，白色，菌肉白色，后变淡褐色，厚而致密。菌柄圆柱状，长 10–20 厘米，粗 1.5–3 厘米，基部稍膨。

［性味］性平味甘。

［功效］补益肠胃，理气止痛，化痰止咳，利湿别浊。

［主治］脾胃虚弱，消化不良，腰腿疼痛、手足麻木，肺燥咳嗽，痰多气短，小便淋浊。

［成分］

1. 化学成分：含松茸醇，异松茸醇、麦角固醇、抗毒嘧啶、桂皮酸甲酯等十几种挥发性芳香化合物，还含多糖、羧基蛋白酶。

2. 营养成分：100g 松蘑含蛋白质 20.3g，脂肪 3.2g，纤维素 47.8g，碳水化合物 0.4g，灰分 12.2g，维生素 $B_1$0.01mg，维生素 $B_2$1.48mg，维生素 E3.09mg，钾 93mg，钠 4.3mg，钙 14mg，铁 86.0mg，锰 1.63mg，锌 6.22mg，铜 10.30mg，磷 50mg，硒 98.44μg。此外，新鲜者还含维生素 B_2、维生素 C、维生素 D_2。

［药理作用］本品具有抗缺氧、抗疲劳、抗肿瘤等作用。

1. 小鼠口服菌丝提取液，可明显延长缺氧条件下的存活时间；能明显延长小鼠游泳时间；减少自发性活动次数，具有抑制运动神经中枢活动的作用；对巴比妥钠有明显的协同作用，可延长小鼠睡眠时间，有镇静作用。

2. 所含多元醇有降血糖作用，其多糖物质可抑制小鼠肉瘤 S–180 和艾氏腹水癌细胞的生长。

虫草花

［别名］北冬虫夏草、北虫草、蛹草。

［来源］为麦角菌科真菌蛹虫草 *Cordyceps militaris* (L.ex Fr.) Link. 的菌核

及子座，指从一些昆虫的蛹（茧）或虫体等寄主长出的单个或数个子座的复合体。主产于河北、黑龙江、吉林、安徽、福建、广西、陕西、云南等地。

［采制］以子座和寄主全草入药。于7月上旬至8月上旬的盛产期采后除去泥土，及时晒干备用，不宜烘烤。

［形态］子座单生，或有时数个，从寄主头部发出，有时从节间发出，初生时淡黄至橙黄色，成熟时橘红色或紫红色，内部淡黄色，全长2–5厘米。头部多数为棒形，长1–2厘米，直径3–5毫米。

［性味］性平味甘。

［功效］补益肺肾，止血化痰。

［主治］久病体虚，肾虚腰痛，阳痿遗精，肺痨咳血。

［成分］

化学成分：含有虫草素，甘露醇、麦角固醇、β–谷甾醇，腺嘌呤，腺苷。

［药理作用］本品具有镇静、抗肿瘤、抗菌、抗氧化、雄激素样作用。

1. 虫草素是一种抗生素，同时具显著抗肿瘤活性，其作用机制可能与虫草素能嵌入RNA，并阻断黄苷酸胺化成鸟苷酸，可影响到蛋白质合成的机理有关。

2. 其水浸液有明显的中枢抑制、抗惊厥、抗疲劳作用，可增强实验动物的耐缺氧能力，并有一定抗心律失常的作用。

3. 蛹虫草水煎液能激活小鼠腹腔巨噬细胞吞噬活力，提高机体免疫力，抑制癌细胞生长，其作用与虫草相似。

4. 能使大鼠血清睾酮含量增高，使大鼠体重及含皮腺，精囊、前列腺的重量显著增加，有明显的雄性激素作用。

体质现象是人类生命活动的一种重要表现形式，它与疾病和健康有着密切的关系。中医学在人体生理病理以及养生防病等方面都十分重视体质差异。20 世纪 70 年代末，有关学者开始提出中医体质学说，随后第一部中医体质学专著——《中医体质学说》于 20 世纪 80 年代初期问世，奠定了中医体质学研究的理论与实践基础，并标志着中医体质学说的确立。近 20 年来，由于现代多学科知识与方法的引入，医学界对本学科的研究方法日渐丰富，研究范围日渐扩大，研究内容日趋深入，研究水平日趋提高，研究思路日趋拓宽，中医体质学说研究正不断取得新的进展。

中医体质学说的渊源与临床运用价值

体质不仅关系着疾病的发生、发展、变化，而且直接影响着临床治疗，因而体质学说的理论探讨与研究进展，一直是人们关注的课题。中医学对体质进行研究探讨始于《黄帝内经》，《素问·异法方宜论》《素问·血气形志》及《灵枢·阴阳二十五人》《灵枢·通天》《灵枢·逆顺肥瘦》《灵枢·行针》等，都比较系统地论述了有关体质的内容，从而奠定了中医体质学说的理论基础。如同辨证论治一样，中医体质分类的规范化、标准化和定量化十分重要，是开展体质学说理论和应用研究的基本前提条件。中医体质分类的规范化、标准化和定量化是一个循序渐进的过程，但这个过程显得过于漫长。经过历代医家和现代中医学者的不懈努力，中华中医药学会于 2009 年颁布了《中医体质分类和判定》标准 [1]，规定了中医体质的术语、定义、9 种中医体质基本类型、中医体质类型特征和中医体质分类判定标准，标志着中医体质分类规范化、标准化和定量化已经臻于完善，开始进入应用、再评价和修订的后续发展过程。时过数年，该标准的示范作用已经显现，在拓展中医体质流行病学调查、疾病状态下的体质分型等方面，得到比较广泛的推广应用，影响越来越大 [2-6]。

不过，考察中医体质分类的历史过程，全面收集、归纳和分析现代专家学者有关中医体质的具体分类方法，就会发现古今各种体质分类差异甚大。特别是近几十年来，中医体质分类方法层出不穷，种类繁多。学会标准虽在各种体质分类方法基础上实现了统一规范，然而因众多分类方法称谓五花八门，单一与复合体质交叉并存，许多体质或有或无，应用频次相差悬殊，指望学会标准一蹴而就是不可能的。在学会标准颁布数年之后，客观地评价其利弊得失，无疑是必要的。对众多体质分类方法进行统一规范，应当首先确定公认、客观、科学的规范原则和方法，这是确保体质分类合理规范的关键。王琦、匡调元、母国成、何裕民、秦德平、杨常青、赵志付、庞万敏、林齐鸣、和嘉芳等 10 位专家介绍的体质分类方法，确认各种体质总计达 109 种之多 [7]，其中常见体质类型有正常质、阴虚质、阳虚质、痰湿质、瘀血质、阳盛质、气虚质、气滞血瘀质、阴盛质、气血两虚质、湿热质、阴阳两虚质、血虚质、气滞质等 14 类。各种体质类型出现的频次分别是：正常质 9 次、阴虚质和阳虚质各 10 次、痰湿质 9 次、瘀血质 8 次、阳盛质 6 次、气虚质、气滞血瘀质和湿热质各 5 次、阴盛质和气血两虚质各 4 次、阴阳两虚质和血虚质各 3 次、气滞质 2 次 [8]。

“九型体质”学说的肇始与特点

20 世纪 70 年代，王琦等一批学者即开始体质学说的研究并发表了相关论文，1978 年王琦、盛增秀明确提出了“中医体质学说”的概念，并于 1982 年主编出版了第一部中医体质学专著《中医体质学说》，该书的出版，奠定了中医体质学研究的理论与实践基础，标志着这一学说的正式确立，并受到中医学术界广泛关注与肯定[9-12]。著名中医学家方药中教授评价“王琦等人提出的中医体质学说是中医理论体系的重要组成部分，对中医临床具有重要的指导意义”[13]。《中国大百科全书》《建国40年中医药科技成就》及《中医年鉴》1984年卷列专条“中医体质学说”介绍了它的研究进展[14-16]。《黄帝内经研究大成》的作者认为，“《中医体质学说》专著问世，比较系统地论述了体质的分类、形成及体质与发病、体质与辨证、体质与治疗等内容，初步建立了中医体质学说的理论体系，对《内经》体质学说的研究起了积极的推动作用”[17]。1987年中国中医研究院主持召开了“首届全国中医体质学说学术研讨会”，会议通过《纪要》肯定了王琦的“体质学说”及“体质”定义，建议由王琦等牵头，在全国形成研究协作网络，以推动该学科的发展[18]。《中国医学通史》指出：“1982年以来第一部《中医体质学说》的专著出版和1987年首届全国中医体质学说研讨会的召开，标志着这一学说研究进入到一个新的发展阶段。”[19]1995年由王琦主编的《中医体质学》，全面反映了其潜心研究17年的成果，集中体现了体质学研究的新思路、新方法和新进展，从而使中医体质理论完成了由“学说”到“学科门类”的转变。

“十三证素体质”的基本理论产生与特点

2010年5月，国医大师周仲瑛教授在《中国中医药报》上连续16期连载表述了“病机十三条”的相关病机辨识理论，随后又出版了《病机辨证学》书稿，定义病机辨证学是根据患者相关核心的病机要素十三条进行兼夹排列组合，圆机活法，是符合临床诊疗特点的一种创新病机研究。结合体质研究的特点，在病机十三条的基础上，演化出“十三证素体质”。病机十三条的适应症是临床疾病的研究，而体质学说很多是亚健康人群的测评，所以在“病机十三条”的基础上，进行了适合证素体质的调整。其中，把相关的传染性疾病“疫”证、

“毒”证和兼夹性疾病进行了删减，结合体质的特点，把虚性体质进行气血阴阳的划分，形成了“十三证素体质”的初步设计方案，为后面进一步进行基于临床的调查性研究奠定了基础。

“病机十三条”是国医大师周仲瑛教授毕生临床经验的宝贵总结，在此基础上衍生的“十三证素体质”与现行的“九型体质”理论相比具有中医辨证最小要素单元的唯一性优势和多层次多维度复合交叉组合的多变量优势。在体质判断方面，更加符合临床疾病、亚疾病、亚健康的纷繁复杂的实际状态，有着精准快捷辨识体质的重要价值，患者通过问卷自测即可快速判断所属“复合证素体质”。

“十三证素体质”的设计方案

“十三证素体质”参考国医大师周仲瑛教授“病机十三条”学术理论，根据临床亚健康人群可能存在的体质偏盛情况，制定核心证素如下：第一，风性证素体质；第二，寒性证素体质；第三，热性证素体质；第四，湿性证素体质；第五，燥性证素体质；第六，郁性证素体质；第七，瘀性证素体质；第八，痰性证素体质；第九，饮性证素体质；第十，气虚性证素体质；第十一，血虚性证素体质；第十二，阴虚性证素体质；第十三，阳虚性证素体质。十三种证素体质交叉组合后可产生上百万种组合结果，更能有效覆盖各类人群的实际体质模式。通过赋予不同证素体质的不同权重，更能突出饮食调养和日常养护中的重点，更符合基本体质测评的需要。

南京中医药大学朱垚教授主持的《亚健康人群体质判别及中医药干预方案研究》专项课题，在课题组专家教授的共同努力下，成功开发了基于国医大师周仲瑛教授“病机十三条”病机理论的“十三证素体质测评系统”，为大家提供精准体质测评与中医药保健方案推荐，更好地服务百姓健康。现将十三证素体质测评系统小程序二维码附于文后，读者们通过体质系统测评判定，可以知晓自己的体质。根据个人体质特点，除了因时制宜的饮食外，还能够判断随园非遗养生膳食对自身的适应性，从而选择具体的膳食进行食养结合。

十三证素体质测评小程序

小程序测评二维码

微信扫码进入测评系统

食材索引 A-Z

按标注名（<>）（不同称呼的同一食材规范为同一名称 / 参考书目内的规范名称）

参考文献

第一章　袁枚的诗话与文章

[1] 王英志 . 文采风流 袁枚传 [M]. 北京 : 东方出版社 ,2012.

[2] 徐清祥 . 袁枚正传 [M]. 杭州 : 浙江工商大学出版社 ,2019.

[3] 罗以民 . 子才子 : 袁枚传 [M]. 杭州 : 浙江人民出版社 ,2007.

[4] 王英志 . 袁枚评传 [M]. 南京 : 南京大学出版社 ,2011.

[5] 袁枚 . 小仓山房诗文集 [M]. 上海 : 上海古籍出版社 ,2006.

[6] 袁枚 , 周本淳 . 小仓山房诗文集 [M]. 上海 : 上海古籍出版社 ,1988.

[7] 王英志 . 袁枚全集新编 [M]. 杭州 : 浙江古籍出版社 ,2018.

[8] 袁枚 , 王英志 . 袁枚全集 [M]. 南京 : 江苏古籍出版社 ,1993.

[9] 袁枚 , 王英志 . 袁枚诗文注译 [M]. 杭州 : 浙江古籍出版社 , 2019.

[10] 潘成刚 . 清代小品集萃 [M]. 南昌 : 二十一世纪出版社 ,2016.

[11] 袁枚 . 随园文心 [M]. 南京 : 南京师范大学出版社 ,2018.

[12] 陈思娴 . 论袁枚与随 [J]. 北方文学 ,2019(14):32+34.

[13] 李灵年 , 李泽平 . 袁枚集 [M]. 南京 : 凤凰出版社 ,2020.

[14] 王英志 . 随园性灵 [M]. 南京 : 东南大学出版社 ,2004.

[15] 蒋祖怡 , 陈志椿 . 中国诗话辞典 [M]. 北京 : 北京出版社 ,1996.

[16] 严明 , 陈清云 . 袁枚研究学术档案 [M]. 武汉 : 武汉大学出版社 ,2013.

[17] 张葆全 , 周满江 . 历代诗话选注 [M]. 桂林 : 广西师范大学出版社 ,2020.

[18] 古籍名著《小仓山房诗文集》的年代、作者和内容精讲 [EB/OL].(2019-05-31).https://www.kekeshici.com/guji/mingzhu/147730.html.

[19] 刘洪仁 . 古代文史名著提要 [M]. 成都 : 巴蜀书社 ,2008.

[20] 赵传仁 , 鲍延毅 , 葛增福 . 中国古今书名释义辞典 [M]. 济南 : 山东友谊出版社 ,1992.

[21] 本社 . 中国古典文学名著题解 [M]. 北京 : 中国青年出版社 ,1980.

[22] 袁枚 . 小仓山房尺牍 [M]. 杭州 : 浙江人民美术出版社 ,2017.

[23] 袁枚 , 夏勇 . 小仓山房尺牍详注 [M]. 杭州 : 浙江古籍出版社 ,2020.

[24] 袁枚 , 胡晓蓓 . 随园尺牍 [M]. 南京 : 南京师范大学出版社 ,2018.

[25] 厨者王小余传 袁枚 [EB/OL].(2017-01-12).https://www.douban.com/event/28119163/discussion/614593231.

[26] 乔正康 . 餐饮文学 [M]. 北京 : 中国商业出版社 ,1992.

第二章　五季的饮食与起居

[1] 马烈光 , 蒋力生 . 中医养生学 [M]. 北京 : 中国中医药出版社 ,2016.

[2] 田代华 . 黄帝内经素问 [M]. 北京 : 人民卫生出版社 ,2005.

[3] 宋为民 . 四季养生 [M]. 南京 : 南京出版社 ,1998.

[4] 孟景春 . 四季进补 [M]. 南京 : 南京出版社 ,1998.

[5] 路新国 , 周晓燕 . 四季菜谱 [M]. 南京 : 南京出版社 ,1998.

[6] 窦国祥 . 四季防病 [M]. 南京 : 南京出版社 ,1999.

[7] 苏鉴诚 , 张克仁 . 四季健身 [M]. 南京 : 南京出版社 ,1999.

[8] 谢英彪 , 蔡鸣 . 四季禁忌 [M]. 南京 : 南京出版社 ,1999.

第三章　随园菜的传承与创新

[1] 袁枚 . 小仓山房诗文集 [M]. 上海 : 上海古籍出版社 ,2009.

[2] 袁枚 . 随园食单 [M]. 北京 : 中华书局 ,2010.

[3] 袁枚 , 张通之 , 龚乃保 , 等 . 随园食单 . 白门食谱 . 冶城蔬谱 . 续冶城蔬谱 [M]. 南京 : 南京出版社 ,2009.

[4] 邱庞同 . 烹饪史话 [M]. 北京 : 中国商业出版社 ,1986.

[5] 谭兴贵 , 廖泉清 , 谭楣 . 中国食物药用大典 [M]. 西安 : 西安交通大学出版社 ,2013.

[6] 王绪前 . 中医食疗 [M]. 北京 : 中国中医药出版社 ,2015.

[7] 王焕华 . 中华食物养生大全 典藏本 [M]. 广州 : 广东科技出版社 ,2013.

[8] 东潇博 . 食材养生速查手册 [M]. 北京 : 化学工业出版社 ,2014.

[9] 于睿 , 姚新 . 中医养生与食疗 : 中医特色 [M]. 第 2 版 . 北京 : 人民卫生出版社 ,2017.

[10] 谢梦洲 , 朱天民 . 中医药膳学 [M]. 北京 : 中国中医药出版社 ,2016.

[11] 杨永良 , 张正浩 . 中医食疗学 [M]. 第 2 版 . 北京 : 中国医药科技出版社 ,1999.

[12] 秦明珠 . 中医食疗 [M]. 南京 : 东南大学出版社 ,1996.

[13] 沈庆法 . 中医食疗学 [M]. 上海 : 上海科学技术文献出版社 ,2000.

[14] 王亨达 , 李清记 . 中医食方食品概论 [M]. 上海 : 上海科学技术文献出版社 ,2016.

[15] 秦竹 , 张胜 . 中医食疗养生学 [M]. 北京 : 中国中医药出版社 ,2017.

[16] 高开平 . 中国食疗本草 [M]. 北京 : 化学工业出版社 ,2006.

[17] 国家中医药管理局《中华本草》编委会 . 中华本草 [M]. 上海 : 上海科学技术出版社 ,1999.

[18] 唐德才 , 吴庆光 . 中药学 [M]. 第 3 版 . 北京 : 人民卫生出版社 ,2016.

[19] 俞永明 . 说茶饮茶 [M]. 北京 : 金盾出版社 ,2001.

[20] 徐维恭 , 徐杰 . 饮酒识酒趣谈 [M]. 北京 : 金盾出版社 ,1992.

[21] 张哲永 , 陈金林 , 顾炳权 . 中国茶酒辞典 [M]. 长沙 : 湖南出版社 ,1991.

[22] 罗军 . 中国茶典全图解 [M]. 北京 : 中国纺织出版社 ,2016.

[23] 胡涛 . 中国茶图鉴全书 [M]. 南昌 : 江西科学技术出版社 ,2019.

[24] 张景 . 中国茶文化 [M]. 天津 : 天津科学技术出版社 ,2018.

[25] 赵宏 , 谢晓玲 , 万金志 , 等 . 山药的化学成分及药理研究进展 [J]. 今日药学 ,2009,19(03):49–52.

[26] 李军德 , 黄璐琦 , 李春义 . 中国药用动物原色图典 [M]. 福州 : 福建科学技术出版社 ,2014.

附录

袁枚年谱

[1] 袁杰伟 . 随园流韵 袁枚传 [M]. 北京 : 作家出版社 ,2018.

[2] 郑幸 . 袁枚年谱新编 [M]. 上海 : 上海古籍出版社 ,2011.

袁枚的朋友圈

[1] 张慧姝 . 袁枚与饮食文化研究 [D]. 山东师范大学 ,2010.

[2] 陶婷婷 .《随园食单》饮食文化研究 [D]. 南京师范大学 ,2017.

[3] 郑安娜 . 袁枚尺牍文研究 [D]. 南昌大学 ,2021.

[4] 袁枚 , 别曦 . 随园食单 [M]. 西安 : 三秦出版社 ,2005.

[5] 余同元 , 何伟 . 历史典籍中的苏州菜 [M]. 天津 : 天津古籍出版社 ,2014.

[6] 袁枚 , 夏勇 . 小仓山房尺牍详注 [M]. 杭州 : 浙江古籍出版社 ,2020.

[7] 傅璇琮 , 许逸民 , 王学泰 , 等 . 中国诗学大辞典 [M]. 杭州 : 浙江教育出版社 ,1999.

[8] 袁枚 . 随园食单 [M]. 北京 : 中华书局 ,2010.

[9] 王标 . 城市知识分子的社会形态 袁枚及其交游网络的研究 [M]. 上海 : 上海三联书店 , 2008.

[10] 王标 . 美食中的友情——《随园食单》人物考 [J]. 中国饮食文化 ,2009,5(2):45-86.DOI: 10.30152/JCDC.200907.0002.

[11] 江苏省地方志编纂委员会 . 江苏省志 政府志 [M]. 南京 : 江苏人民出版社 ,2003.

[12] 朱保炯 , 谢沛霖 . 明清进士题名碑录索引 [M]. 上海 : 上海古籍出版社 ,1980.

[13] 钱实甫 . 清代职官年表 [M]. 北京 : 中华书局 .1980.

菌菇的营养与药性

[1] 潘奔前 . 食疗药用蕈菌 [M]. 广州 : 广州出版社 ,2001.

[2] 谭兴贵 , 廖泉清 , 谭楣 . 中国食物药用大典 [M]. 西安 : 西安交通大学出版社 ,2013.

体质的辨识与测评

[1] 中华中医药学会 . 中医体质分类与判定 [J]. 世界中西医结合杂志 ,2009,4(4):303-304.

[2] 侯献兵 , 刘英莉 , 赵辉 , 等 .“王琦九种体质”理论临床应用体悟 [J]. 中医研究 ,2014,27(5):9-10.

[3] 吴佳 .150 例非酒精性脂肪肝人群中医体质分型研究 [J]. 河北中医 ,2014,36(4):507-509.

[4] 赵为民 .260 例高血压病家族史健康人易患血压升高中医体质特征的调整与分析 [J]. 长春中医药大学学报 ,2012,28(1):47-48.

[5] 马君 . 从中医体质学说辨治肺纤维化 [J]. 河北中医 ,2013,35(4):600-601.

[6] 杨克勤 . 体质学说在眩晕病治疗中的应用 [J]. 中医研究 ,2013,26(4):10-11.

[7] 王琦 , 叶加农 , 朱燕波 , 等 . 中医痰湿体质的判定标准研究 [J]. 中华中医药杂志 ,2006,21(2):73-76.

[8] 王琦 .9 种基本中医体质类型的分类及其诊断表述依据 [J]. 北京中医药大学学报 ,2005,28(4):1–8.

[9] 杨靖, 邢彤, 李春禄, 等. 中医体质学说现代研究进展 [J]. 长春中医学院学报 ,2000,16(4):60.

[10] 马晓慧 . 中医体质学说理论与方法研究进展 [J]. 上海中医药杂志 ,2000,(5):47.

[11] 朱伟 , 王丽华 , 欧阳钦 . 中医体质学说研究面临的问题 [J]. 中国中医药信息杂志 ,2000,7(3):1.

[12] 刘良倚 . 中医体质学说的研究现状 [J]. 江西中医药 ,2000,31(6):55.

[13] 王琦 , 盛增秀 . 中医体质学说 [M]. 南京 : 江苏科技出版社 ,1982.

[14] 施奠邦 . 中国大自科全书 . 中国传统医学 [M]. 北京 : 中国大百科全书出版社 ,1992,448.

[15] 胡熙明 . 建国 40 年中医药科技成就 [M]. 北京 : 中国古籍出版社 ,1989,109.

[16] 上海中医学院 . 中医年鉴 1984 卷 [M]. 北京 : 人民卫生出版社 ,1984.64.

[17] 王洪图 . 黄帝内经研究大成 (下)[M]. 北京 : 北京出版社 ,1997.2135.

[18] 首届全国中医体质学说及腹诊学术研讨会纪要 . 秦皇岛 .1987.

[19] 蔡景峰 , 李庆华 , 张冰浣 . 中国医学通史 [M]. 北京 : 人民卫生出版社 ,2000.293.

随园石刻

通体浅白泛青的完整璞玉，上刻“五季随园”。

“随园”二字从袁枚众多遗笔字库中摘出，力求还原出五季随园与袁枚的传承联系。“五季”二字为大篆，古朴不失韵味，使整块玉石显得气象非凡。

随园选址

五季随园位于南京中医药大学一隅，前身为清代随园旧址小仓山一脉，是“南京重要近现代建筑——汉中门大街民国建筑”“南京市鼓楼区不可移动文物”。整体环境闹中取静，一方天地，静谧而美好……

金陵竹刻楹联

“一诺千金传佳话，满门全孝树淳风”，此为五季随园投资人季昌群先生的家训，为南京清凉古寺住持理海法师题写。楹联采用金陵竹刻非遗制作技艺。

随园散台陈列 · 惠山泥人“乐渔”

惠山泥人是国家级非物质文化遗产，创始于明代，发达于清代，已有400多年的历史。此件泥人雕塑是于无锡拈花湾偶遇著名非物质文化遗产传承人赵建高先生所得，皆应了“随缘”二字。

小仓山房

“小仓山房”一名取自清代大文豪袁枚的书房，整体为随园院中院格局，由著名设计师陈卫新老师主笔设计。院内洗手间取名“兰房私事处”，其典故来源：“午夜剔银灯，兰房私事急。”

室内以碧色为主调，整面书法墙令视觉感官尤为震撼，整体环境素雅中透着勃勃生机……家具采用南通市非遗通作家具制作技艺。

墙面书法选自袁枚诗词，由著名书法家吴国平老师撰写。

随园散台陈列 · 宜兴紫砂曼生十八式

由“西泠八家”之一的清代书画家、篆刻家陈鸿寿(字曼生)设计。曼生壶将金石、书画、诗词与造壶工艺融为一体，相得益彰，在壶史上留下“壶随字贵，字依壶传”的经典名言。

随园 · 五季厅
名家作品

江苏省国画院副院长、国家一级美术师杨耀宁先生《江南烟云图卷》岩（矿）彩画作。

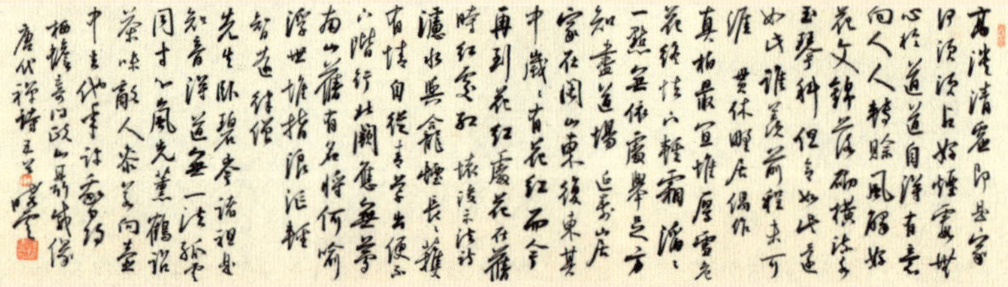

随园 · 五季厅
名家作品

中国书法家协会主席孙晓云女士的《唐代禅诗五篇》书法作品。

五季随园被选入
世界文学之都地标网络

为客户提供文学艺术的交互空间，定期举办各类沙龙 & 雅集。

汇聚六大研学板块

南中医食养研究基地
群学书院读书会
随园食单食养课题组
非遗 · 随园菜制作技艺
太湖窑 · 陶艺艺术中心
南京雨花茶体验中心

五季随园公众号